名家小写文集

吕翼

此河彼岸

著

北京联合出版公司
Beijing United Publishing Co.,Ltd.

图书在版编目（CIP）数据

此河彼岸 / 吕翼著 . -- 北京：北京联合出版公司，2024.8. --（名家小写文集）. -- ISBN 978-7-5596-7901-7

Ⅰ．I247.7

中国国家版本馆 CIP 数据核字第 2024LP0723 号

此河彼岸

作　　者：吕　翼
主　　编：张海君
出 品 人：赵红仕
出版监制：张晓冬
责任编辑：牛炜征
特约编辑：和庚方　张　颖
封面设计：立丰天

北京联合出版公司出版
（北京市西城区德外大街 83 号楼 9 层　100088）
三河市同力彩印有限公司印刷　新华书店经销
字数 260 千字　710 毫米 × 1000 毫米　1/16　13 印张
2024 年 8 月第 1 版　2024 年 8 月第 1 次印刷
ISBN 978-7-5596-7901-7
定价：65.00 元

版权所有，侵权必究
未经书面许可，不得以任何方式转载、复制、翻印本书部分或全部内容。
本书若有质量问题，请与本公司图书销售中心联系调换。
电话：17710717619

目 录

此河彼岸 …………………………………… 001
会到尽头 …………………………………… 061
今　夜 ……………………………………… 102
雪　崩 ……………………………………… 148

此河彼岸

一

夏小桦在新城小学读三年级。今天早上，教语文的江薇老师讲生字：乳。这个乳字，《现代汉语词典》里有五种解释，但江老师讲这个字的时候，只侧重于后一种意思：即初生的，幼小的。江老师在讲这个字时匆匆而过，不便多讲，在学生还没有反应过来的时候，她就像后面有敌兵追来一样，连忙讲下一个问题。对于孩子，过早涉及两性方面，或者身体的敏感部位，似乎不太妥当。虽然他们以后会有经历，但教育需要循序渐进的过程。老师有责任让孩子们学到更多的东西，但也有责任让他们健康成长。为了巩固孩子们对这个字的理解和书写，江老师在课堂上，还是请大家先组词，再造句。江老师看大家都在你看我，我看你，只有夏小桦举起了手。江老师就让他站了起来。夏小桦说："我家经济条件不太好，一共六人，却只能住40平方米的乳房。"江老师说："不行，换一个。"夏小桦说："我妈妈姓房，爸爸经常叫她：小房，小房，是不是也可以叫她乳房？"江老师说："不行不行，再换。"夏小桦说："我个子不高，每天上学都要跳过我家门口的一条乳沟，如果不小心掉在里面，会臭死人的。"江老师忍住笑说："哪能这样组词的？还是不行，再换一个。夏小桦，你能举一反三，很聪明的，好好想想。"夏小桦搔了搔头，想了好一阵才说："老师，我想不出来了，我的乳头都想破了。"

江老师将这个事给夏大桦说的时候，他们正搂着半躺在这个城市南端的阳光假日酒店十楼标间的床上。

江薇说："你们爷儿俩同出一辙，以后，你儿子怕比你还风流呢！"夏大桦说："怎么回事？他惹女同学了吗？"江薇不说，只是笑。

透过窗看着外面飘浮的白云，江薇说："我们需要新鲜的环境。"

夏大桦说："那，你为什么不让我进你们家？你们家，两百平方米的复式跃层。那床，大得像个篮球场。"

江薇突然缄默，不说话。只见她眨眨眼，两滴泪水从眼角滑了下来。

夏大桦知道又说到了江薇的伤心处。夏大桦把头转过去，看着江薇。这样静静的凝视，夏大桦看到了她瞳孔深处的潮湿的幽怨，看到了她红唇中盛开的孤独。他正想吻江薇时，摆在床头的手机响了。

夏大桦没有理会，可那手机不屈不挠地响，一连响到第五遍。夏大桦犹豫了一下，江薇扭过身来，示意他去接电话。

电话是妻子房琚打来的，里面闹得不行。妻子在市里医院的妇产科工作，夏大桦以为是发生什么群体性事件，脸都白了。

夏大桦说："怎么回事？！怎么回事？！"

房琚声音有些抖，说："你在哪里，快点来，金色小区的房子开盘了。"

夏大桦赶到金色小区的展厅时，外面人山人海。夏大桦发挥自己身高体壮的优势挤了进去，男男女女老老少少挤满了整个展厅，无数颗人头像汤锅里起起伏伏的饺子。到处乱得像是一锅粥，叫嚷声几乎将屋子都挤破了，空气里混合了汗味、口臭、屁臭、腋臭、尘埃和各种香水味。夏大桦只好捏住鼻孔，微微张开嘴来呼吸。夏大桦打开手机，给房琚整整打了五个电话，房琚才接通。夏大桦没好气地说："你在哪儿？都找你半天啦！"房琚说："我……我给挤死了。你进来，三号台，抽签……"

夏大桦好不容易挤到三号台，在人群中找到了房琚。房琚手里死死地捏着手机和一张单子，一脸的汗，原本绾得整整齐齐的发髻给弄散了，原来靓靓丽丽的妆，给汗沁得乌七八糟。见夏大桦过来，房琚像是抓到了救命稻草一样，将手里一叠大大小小的单子递给他，说："别弄丢了呀！你来排队，我去方便一下，早忍不住了！"

房琚从厕所回来，夏大桦已经排到抽签台前。桌子上是一个全封闭、上方只留一个拳头般大小洞口的纸箱。房琚说："你好好拈一个，也不枉我奔波一场。"夏大桦说："还是你来吧，你手气好。"房琚说："我手气不好，你又不是不知道。"夏大桦犹豫了一下，伸出手放在嘴边，哈了三口气，心里默默地说了几句话。夏大桦个高手大，伸手进去的时候居然还有些费力。手拿到一个阄的时候，心里咯噔了一下，放开，又重新拈了一个。如此再三，他摸到了一个圆圆的、团得很完整的阄。售楼小姐说："快一点，后面还有很多人等着。"夏大桦心里说："三楼，三楼，不要七楼。"他伸出手来，将拳头慢慢放开。房琚忙拿过来要打开，售楼小姐说："这位女士你别动手，交给我们吧。"房琚只好将那纸阄交了出去。

售楼小姐打开，向他们亮了一下，说："三幢三单元七〇一。"夏大桦和房琚将头伸了过去，不相信地重复："三幢三单元七〇一？怎么会是三幢三单元七〇一？"

售楼小姐说："你们可看清了，我登记了啊！"

呸！夏大桦吐了一口，举起拳头狠狠地砸了一下自己的头。

房琚原来的激情没有了，身子一软，要不是夏大桦连忙扶住，她准倒在地上。

这当儿，排在后面的一个抬的阄打开了，三楼，而且是三幢三单元三〇一，就在他们的楼下。房琚回过头来："你倒好，手气这么好！"夏大桦："那么好的阄，你怎么不拿到！"那人冲着他们笑："情场得意，手气失利。"夏大桦一愣："有你这么说话的吗？"那人说："对不起，对不起，我以前就是这个样子，我以为老兄情场不错。"

夏大桦瞪了那人一眼，护着房琚从人群里挤出来的时候，暗暗想，是不是自己这双猪手，刚才摸了江薇身体的缘故。他暗自举起来嗅嗅，好像还有江薇身体的气息，连忙走进洗手间，放大水龙头，认认真真地洗了一回。

二

房琚窝在沙发深处闷了半天，门响了，她的两个侄儿背着书包冲了进来。其中一个说："姑姑，我们放学了。"房琚点点头说："快做作业。"房琚伸出双手，捂了捂脸，直起身来。夏大桦说："别生气了，生气有什么用。"房琚说："我都不想和你这种人说话，我烦！"

阿弥陀佛！老岳母数着佛珠从里屋里走出来，说："夫妻间有啥事要好好商量，不要随便就闹架。"夏大桦说："妈妈，我们没有闹。"老岳母说："不管闹不闹，男子汉还是要让着点，别什么时候都要占强，我告诉你，房琚可是我的独生女。你是个男人，人高马大，有啥对不起她的地方，我可不客气！"房琚说："妈，您别管我们的事。"

"阿弥陀佛！我不管？要是我不在这里，他怕要捶死你！"老岳母早年没少受到过男人的暴力，可能现在还心有余悸，一直都是向着自己女儿的，生怕女儿受气。

夏大桦不想说话，只是给房琚递过一张纸巾，再递过一杯早就凉好的白开水。房琚擦了擦眼睛，喝了一口水，说："早知道是这样，还不如我自己掂。"夏大桦说："就是，就是。"房琚说："你也应该知道，为了这套房，我付出了好多。"房琚摸了摸自己的脸，接着说："科室里的人都说我最近老了好多。"

夏大桦挤坐在房琚的身边说："对不起，都怪我。"房琚的眼边往发黄的天花板上看，一边伤心地说："盼星星，盼月亮，终于盼来这次房子开盘，想不到得到的就是这样一套房。"夏大桦说："其实你也知道，我也是想要楼层最好的。"房琚说："可是你还是错了！"夏大桦说："不是有句话说，在大人面前，是孩子错了；在村长面前，是村民错了；在交警面前，是司机错了；在裁判面前，是球员错了；在现实面前，当然是理想错了……我是再一次遇上。"房琚说："你就是贫嘴，有完没完呀！"夏大桦说："或者干脆不要了？等下一次有机会再说。"房琚说："不行，你没有看到房价一直在节节攀升吗？再不买，到时候租房都租不到。"房琚说到做到，立即站起来，拢了拢头发，伸手说："拿来！"夏大桦说："拿？拿啥？"房琚说："买房的钱。"夏大桦说："多少？"房琚说："除了上次我们共同首付的二十四万元，现在还差二十八万元。"夏大桦一乐，说："天！你以为三百两百呢，这天文数字，我怎么拿得出？"房琚说："那就拿工资本来，贷款。"夏大桦说："不是放在抽屉里，你一直管着的吗？怎么借贷，你做主好了。"房琚说："我要你亲自交给我，这样至少说明一点，就是你是自愿的。"

房琚在市医院的妇产科工作，当主治医师，本来正要给一个女孩子做流产术，忽然听到陪女孩子的那个中年人在电话里和别人说金色小区开盘的事。她临时改变主意，让科室的另一位医生帮助做这个手术。她就快速冲了出来。她一边走，一边给夏大桦打电话。可那电话却怎么也打不通：你所拨打的电话不在服务区。不在服务区，那他在什么地方？这家伙，越是有事越找不到他，真烦人！就这样，房琚一直独自等到夏大桦出现。

房琚想买房也不是一天两天的事。他们一直住的，是夏大桦当年分到的房。面积四十多平方米，六口人住，那种紧张可想而知。当年，夏大桦刚参加工作，正好碰上单位处理最后一批福利房。四十多平方米的房子，楼层、折旧等算下来，他只出八千多块钱就买下来了。在单位里，大面积的、新建的房子都让单位领导、老资格的人分了，夏大桦这种刚参加工作没有两年的人，能分到这样一套房已经非常不错了。这房虽然小、楼层高，虽然修建的时候早、很陈旧，但两个人能有这样一套房，已经很理想了。那房子虽破，但他们结婚，怀上健康而调皮的儿子，职称的晋升，一系列顺利的事，都是在那间房子里完成的。随着时间的推移，周围很多同事朋友都换了新房，唯独他们没有。而且，现在他们家那小房子里，除了他们一家三口，还住着房琚从乡下接来的母亲、哥哥家的两个儿子。夏大桦对房琚接岳母来住没有意见，老有所养嘛，夏大桦还是有这份孝心的。但对两个侄儿住进来却颇有微词，夏大桦说："各家的孩子各家养，不行吗？我们现在就很累……"房琚说："乡下的教学质量太差，我总不可能看着这样的好苗子毁掉……再有，我们都只一个孩子，孩子怪孤独的，到了他们以下的一代，都少有亲人了。他们都读出书来，一个大家庭，多好！"夏大桦说:"我没有那么多精力,我没有分身术,我可管不了。"房琚咬着牙说:"这些都是我的事,他们来,你可以不管!"话说至此,夏大桦不好再说啥了。

金色小区位置不错,位于城南,一边靠城的中心,另一边靠望海公园。刚开始破土动工,全城市民就翘首企盼。所以这里尽管房价每平方米高出其他同期房约五百元,要的人还是很多,报名仅一天就全满,而且都交了首付款。整个晚上,开发商的手机给打爆了。要么是市里、区里、办事处的领导插手进来,要上一套两套;要么就是商场中的朋友们也来凑热闹,整几套摆着等它升值。本来交钱的人都有一套房的,可现在不行了,要房的人数比房子的总数多得多,而且没有交首付款而又想要房的人,更是得罪不起。现在看来,即使你交了钱,也不一定得到房。没有办法,开发商老总便秘密将一些关系户的留下,其他的都在房子开盘时让大家来拈阄。拈得到拈不到,拈好拈坏都是各人的命。这样一来倒是把问题解决了,但却苦了买房的人,也激怒了他们。他们有理由,他们振振有词,说我不拈,我已经早就交了钱,交了钱我们之间就达成了一种买卖协议,你不卖也得卖!这种呼声很高,占主流,但当拈阄的架势一摆,大家都虚了。你推我搡,挤作一团,生怕落下自己,是呀,你不拈别人拈,你不拈就等于你放弃了,得不到房你怪谁!

夏大桦知道,家里的很多事,自己真管不了,也不好管,不好急,便是住一天算一天。可房琚却急了,那样拥挤的房子,看着母亲渐渐老去,儿子和侄儿一天天长大,怎么住呀!她动用了所有的关系,为买一套宽大的房而做出不懈的努力。房琚只要一回到家里,就婆婆妈妈地讲上半天,夏大桦耳朵都听起了老茧。现在,房子的事终于有了个说法,他们都松了一口气。夏大桦的工资不高,一月也就不到两千块钱,和房琚在医院里的收入真的有点天壤之别。房琚正式工资虽不多,但奖金一月下来至少也有三四千元。平时里,夏大桦的工资本都是交给房琚,偶尔买点菜,交点水电费什么的。现在买房,重点应该还是在房琚那里。社会的压力,迫使每一个人变得庸俗和无聊。夏大桦吹了一声口哨,将工资本从抽屉里翻出,递给了房琚。掏出手机看看时间说:"我接儿子去了。"然后吹了吹口哨,几大步蹿出门去。

三

江薇是新城师院中文系毕业的。毕业之前,她和师院的外国文学老师梅先笙好上了。说好上,其实是住在一起。梅先笙应该是她的第一个男人。梅先笙好口才,江薇在中文系的第一堂课上,就给他迷了个神魂颠倒。梅先笙说:"所谓文学,其实是人学;所谓外国文学,其实就是一个通向世界的窗口。从这个窗口,你可以走出去,或者,至少可以瞭望……"这个从重庆大巴山里考过来的小女生,当年没少站在自家屋后的大榕树下,瞭望那山川河流和等待的人。在这样一个异乡,她突然找到了一种心理上的支撑,真的有着说不出的踏实,这也就给他们能在千百人中却必然地走在一起奠定了坚定的基础。其实梅先笙并不是那种风流倜傥的人,梅先笙个子不高,人还有些瘦,一脸寡白,戴一副大眼镜,头微昂着,总害怕眼镜会掉下来似的。

江薇走进梅先笙的世界是大二的第一学期暑假。那种样子,好像是江薇自投罗网,几年后,江薇回忆起当时的情形来,自己只好暗自叹气。

学期末了,江薇正打算要不要回家。原因之一是家乡太远,从这里坐一天一夜的火车;到了重庆,她还要转一天的长途;然后还要坐三个小时的客车;到了家乡的那个小镇,再要走两个小时的路，才能到家。二是家里的人都出外打工了，没有人了，比他大两岁的哥哥，比她小两岁的妹妹，都分别走进了沿海的两个城市。已接近五十岁的阿爹和妈妈，都到了浙江，专门给人纺纱。正在这个时候，江薇接到阿爹从浙江打到传达室的电话时，一下子就觉得故乡已经变得模糊。那一个晚上，她坐在新城师院后院长得叶绿根硕的梧桐树下，任露水在月色中打湿了她的衣襟。

已经没有回家的必要了，老家那个茅草屋想来早已人去楼空，蛛网层层，充满寒意。学校正式放假的第二天晚上，宿舍里早已空寂无人，宿友们都早已回了家。江薇想了想，捏着一本书，走了很久的路，然后敲响了梅老师的宿舍门。

梅先笙说："谁呀，请进。"

连门都没有上锁，连门也懒得开，这就是梅先笙的一贯风格。当江薇走进去的时候，梅先笙坐在书桌前，正一边看书，一边做笔记。这种苦劲，对于时下的大学生来说，已经不多见了，对于大学老师来说，更是罕见。梅先笙这种苦劲，真的让人佩服，这也是江薇对他产生好感的最重要的原因。

梅先笙抬起头来，眼前一亮，连忙站起来说："是你呀？"

江薇说她是来向他请教的，她最近以来一直在读拉丁美洲作家的散文诗。

江薇刚说了卢本·达里奥的名字，梅先笙一下就笑了。他说："你能背出一两段吗？"

江薇当然能背，她记得太多了。

她说："……主啊，为什么让花离开我？要我放弃它？他的眼里闪着一滴晶亮的泪。慈爱的天父被亲情眼泪感动，就说出这样的话：阿斯拉埃尔，让玫瑰活下去。你要的话，可以到我的蓝花园里去随便摘一朵。"

梅先笙笑了，说："这是《复活的玫瑰》里的一段话。那我问你……'记得那黑暗的夜晚，绝望的精灵啊，你到我工作的地方来折磨我，夷平我可怜的幻想花园，完全摧毁我正在开花的新灵感……'这是哪一篇呢？"

江薇红了脸，说："老师，是《给一颗星》。"

梅先笙说："是呀，多美！在拉丁美洲，卢本·达里奥是用散文诗体创作的先行者。他喜欢用天鹅、玫瑰、鸽子等象征纯粹的美，而其主题往往是传奇和《圣经》里面的故事，他让传统的东西获得了更大的灵活性和生命力。也难怪他获得了'现代主义之父'的称号，被誉为诗歌语言的解放者……"

江薇说："在拉丁美洲这批作家中，我更喜欢的是博尔赫斯。他的短篇小说写得很迷人，但我还喜欢他的散文诗：'……我能留住你什么呢？我向你献上瘦小的街道、绝望的落日和荒凉的月亮。我向你献上一个久久凝视过孤独的月亮的人所感受的凄苦。我向你献上我的祖先、我死去的人、被后人用大理石纪念的灵魂……'"

眼前这个小女孩，真的十分动人。此前，他们没少在文学的世界里这样交流过。可是今夜，她那一张迷人的唇，吐出了圆润、清晰而生动的语言。梅先笙突然感觉到，那些大师的语言，在今天这样一个特殊的环境里，产生了一种强烈的诱惑，似乎是想要把他击倒……

……这个患过严重败血症的老头，老年时才结过一次婚，但很快他们就离婚了。原因很简单，就是他那个不幸的夫人虽然年轻漂亮，但不会做梦……梅先笙说着这些，才突然发觉自己手里还握着一支笔，而江薇就站在身边。他站起身，给她端来一杯凉开水。这水应该是学生给老师的，但在梅先笙这里，却相反了。江薇不由得站了起来，伸去接杯子的手，一下子就给梅先笙捉了去。那杯水好像是懂得了梅老师的意思一样，清清浅浅地溅湿了江薇饱满而跳跃的胸脯。梅老师手巾也来不及拿，忙伸手去擦……

这样一个情节的出现，省略了好多的语言和表达，节奏加快，显然将两人的关系推到了极致。那一天晚上，就在梅先笙的这个宿舍里，那一张简简单单的床上，江薇落进了梅老师的怀里。

…………

但现在，整个假期里，江薇就住在了这个二十来平方米的小屋里。梅先笙一度暂停了他的功课，在此之前，他心怀远大，一直在为托福考试而做出种种努力。他觉得要将外国文学研究得到位一点，还是要留学，以原汁原味的东西为根本。现在，江薇代替了他的一切，温柔之乡胜却了一切。同床共衾，他给她读巴勃罗·聂鲁达的诗歌：

> 这女子刚好装满我的手，她皮肤白皙，金发，我会用手捧起她，如同捧起一篮木兰花；这女子刚好装满我的欲望，在我生命的烈火面前，她赤裸着身体，而我的欲望把她像火炭一样燃烧……

梅先笙的文才的确不错。那一段时间，他除了给她讲诗歌，用英语大段大段地给她背海明威、艾巴·辛格、尤多拉·韦尔蒂、小库尔特·冯内戈特的作品，他还专门给江薇写了一篇文章——《乳赋》：

> 乳者，奶也，女人胸前之物，其数为二，左右称之。发于豆蔻，成于二八。白昼伏蛰，夜展光华。从来

英雄必争地，自古美人温柔乡。其色若何？深冬冰雪。其质若何？初夏新棉。其味若何？三春桃李。其态若何，秋波潋滟。动时如兢兢玉兔，静时如慵慵白鸽，高巍巍，肉颤颤，粉嫩嫩，水灵灵。夺男人魂魄，发女人骚情。俯我憔悴手，探你双玉峰。一如船入港，又如老还乡。不亦快哉！

梅先笙一边念，一边醉了酒一样，乐得直抖。

时光短暂，江薇很快就毕了业，在梅先笙的帮助下，通过一些繁复的招考程序，在新城小学当上了一名教师。这都是江薇意料之外和意料之内的事情。梅先笙的父亲是这个城市的一位房地产开发商，毫不犹豫就给了他们一套装修豪华的两百平方米的复式跃层。

同样通过很多努力，梅先笙也在意料之内考了托福。到美国加州之前，梅先笙和江薇办了结婚证，并办了一场不大不小的婚宴。梅先笙不止一次地搂着江薇说："我舍不得你，我们不会分别得太久，即使是在地球的另一边，我满手也会留有你乳房的余香。"但事实上，梅先笙离开这块土地上后，就再也没有回来。他无数次在 QQ 上和江薇说得海誓山盟，说得情深意切。两人还在网上做过好几次远隔大洋的爱，直到江薇发出令人幸福的呻吟，直到梅先地在异国他乡另有新欢。

后来……

后来梅先笙就很少和她联系，甚至一个月没有和她上过一次 QQ。聪明的江薇当然知道这是怎么回事。三年以后，梅先笙还没有给她办到绿卡。江薇偷偷地办了一个出国护照，直到到了加州的时候，才给他打了电话。

事实上，梅先笙已经和一个蓝眼金发的女人住在了一起。看来，梅先笙父亲给他的钱，远远不只是够留学，还多得让一个异国女人倾倒。

江薇在那里做了一个短暂的停留，其实就是在那里住了一夜。那一夜，梅先笙让那个金发女人离开，他和江薇说了一夜话。他给她解释在异域一个男人的孤独，一个从事文学研究的人的内心的苍凉。

江薇一针见血地说："其实你不孤独，也不苍凉。有美女相伴，你这话岂不自相矛盾。"

那一晚上，梅先笙久违地搂紧这个从大洋彼岸追来的自己的女人。她依旧面容姣好，身材苗条，两只乳房饱满结实。三年了，有没有谁动过它？他想。

江薇不给。梅先笙说："你给我吧，你身上的一切，都是我的。我有权利爱。"

江薇还是不给。江薇说："我知道，你在美国，首先学会的是维护你的人权。"

梅先笙几乎下跪了："你给我，我们是夫妻。"

缠到半夜，江薇软了一下，内心说："梅先笙，你真无耻。"

第二天，江薇挣脱了梅先笙的挽留，毅然踏上回国的航班。透过飞机和舷窗，看着缓缓后移的白云和无边无际的大海，她泪流成河。

以后她就很少流泪了。作为一个女人，她同样有着刚毅的一面。尽管以后的几年里，梅先笙还是没有回来，也没有给她办理任何出国的手续。尽管身边好多男人像猫嗅到鱼腥一样不停地在她身边游来荡去，使出浑身解数，目的就是想把她弄上床，再把她的裤带解掉，她都不为所动。

江薇回国后的第三个月，她去了一回妇产科，原因是她已经两个月没有来月经了。这有点不正常，作为一个女人，江薇深谙是怎么一回事。当那张早孕试纸明确无误地呈现红色时，江薇内心像给重锤猛击，哐啷地响了一声。此前，她也曾为梅先笙怀过孕，但还不等肚子里的小生命有所动作，就将他或她流了。她很痛苦，反复犹豫。为此，她不得不放下架子，很被动地给梅先笙打了电话，再一次上了QQ。

江薇："你还回来吗？"

那头好像很忙，很久才回答："回来？回来干啥？"

江薇："你还让我过来吗？"

那头："现在时机不成熟，你又不是不知道。"

江薇："我们院子里的好几对，他们都有孩子了。"

那头："要孩子干吗？我们还有很多事情要做。"

没有犹豫，江薇将电脑电源猛地拔掉，她觉得把怀孕这件事情告诉梅先笙已属多余。

江薇再次去妇产科，要求在晚上做手术。她告诉医生，她是一个老师，时间太紧，白天忙不过来，请她们帮一下忙。产科主任的女儿正好在江薇他们学校。产科主任便对她说，那你晚上来，没有实在特殊的情况，一般的流产手术都是在门诊上就可以做的，这次是破例了。妇产科主任说的特殊情况，指的是有生命危险的病例。

晚上，江薇来了。还好，妇产科主任安排给她做手术的是科里的骨干医生房琚。不过房琚很忙，江薇来的时候，她已经上了手术台，正在给一个妇女做剖腹产手术，江薇就坐在医生办公室里等候。

医生办公室里还坐着爷儿俩。父亲人高马大，接近四十岁，一双手大得出奇，时不时翻翻手腕，做出投篮接篮的各种动作。儿子七八岁的样子，一双眼睛特别有神。父亲在守着儿子做作业。那儿子抬起头望了望江薇，凑过去对着爹小声说了什么，爹又回过头来看了看江薇。江薇想是有人认出了自己，只好低了头，掏出手机，在上面打一种叫作小猪推车的游戏。

已经到了十点，儿子做完作业，对爹说："妈妈还不出来，怎么办？"爹说："我们回家，你先睡，明天还要读书。你睡着了，我再来接妈妈。"儿子想了想说："好，只是你别关灯。"爹满口答应，然后爷儿俩一前一后走了，走到门边的时候，那儿子又回过头来看了一眼江薇。

里面的手术一直做到十一点，那个叫房琚的医生回到医生办公室里，喝了一杯男人给她倒的开水。男人说："你呀，如果累，就跟领导说一声，重新安排一下，长时间这样，怎么受得了？"房琚火气有些冲，说："夏大桦，你以为这工作像你们打篮球，多进一个球少进一个球无所谓！"那个叫夏大桦的男人说："别生气，休息一下，休息一下。你也够辛苦的，心情再烦躁对自己身体不好，小心脸上长皱纹长斑。"夏大桦连忙给房琚让了位子，房琚也只是坐了一下说："我早就长皱纹了，你是不是嫌弃我了！"房琚瞅了一眼夏大桦，不等他回答，又抬起屁股，进了手术室。

护士叫江薇名字。江薇迈进手术室的那一分钟，觉得全身都是凉的，脊背一阵阵发冷，牙齿不停地嗑来嗑去。房琚对她说："从你的病历上看，你已经流过两次了，我建议你再考虑一下，流产多，对女人的生育有影响……现在重新决定，还来得及。"江薇摇了摇头说："谢谢你，我已经决定了。"江薇躺在手术台上，胸部一下子挺了起来，浑圆而性感，颤颤抖抖。房琚忍不住就多看了两眼。

当那些冰冷的器械从江薇的下体里毫不留情地一进一出、搅来搅去的时候，她双眼发黑，四肢僵硬，全身冷汗。江薇说："房医生，能不能轻一点，我受不了。"房琚说："是你一个人来吗？"江薇说："是。"房琚说："你忍着点，走进这一道门，没有不疼的。"江薇说："房医生，你，你能不能快一点，我……我受不了了。"房琚好像是冷笑了一下，说："人哪，快活的时候受不了，痛苦的时候也受不了的，早一点想想后果，就不会这样了。"

　　我要死了！随着那器械一出一进，这个意识不断地在江薇的脑海里出现。该死的我，为啥还跑到美国去！自讨！贱！

　　好漫长的时间，好像比一生还要长。终于，江薇听到房琚对她说："可以了，你躺一下，恢复一点体力再回去。你先生呢，打个电话，让他来照顾你。"

　　江薇想说的第一句话是他死了，可她终究没有说出来，她现在连说话的力气都没有。她无力地摇摇手，将头扭到一边。

　　夜深了，她头上不再冒冷汗，但头还晕得不行。护士进来对她说："对不起，你好一点了吗？能回去就回去，总待在这里也不是个事。"江薇扶着墙慢慢站起来，身体却像煮过的面条一样，软得不行，骨头像是给房医生给掏走了。她勉强将步子拖到医院的过道上，却再也迈不开步，便斜躺在椅子上，再也起不来。

　　"我送你回去吧。"好像有人在和她说话。江薇动了一下头，睁开眼睛，见到了刚才在医生办公室里见到的那位大个子男人，夏大桦。夏大桦见她并不反对，伸手出拉住她的手将她托了起来，看她还不行，又伸手搂住她的腰。

　　夏大桦把她扶到外面一辆印有民政救灾字样的车上。打火，发动，问了她的住处，将车开出了医院的大门。

　　城市的夜晚好静，车很少，灯却很亮。

　　到了楼下，夏大桦并没有多问，便搀着她，一直上了楼。进门，开灯，夏大桦将她扶到宽大而柔软的沙发上坐下，就出去了。不一会儿，又回来了。夏大桦手里提着一袋鸡蛋和红糖。江薇摆摆手说："谢谢。"那意思是让夏大桦走。夏大桦靠近她，低下头说："江教师，我儿子在你们学校读二年级。我是学生家长，你放心，不会给你带来任何危险。"江薇摇摇头，好像是否定他的话，还是什么。夏大桦也不管她，进了厨房，打开电磁炉，给锅里加水。叮叮当当一阵响，不一会儿，一碗热气腾腾的糖水鸡蛋就端到了江薇面前。江薇说："你回去吧，你夫人……"夏大桦说："她呀，一回去就睡得像块木头，没事的……做了这种手术，要吃点这才不生病，我们过来人，比你懂。我走了。"

江薇轻轻地说了个谢谢。

夏大桦走到门边，却又突然回转身来，抓起茶几上的纸笔，留了个号码在上面说："这是我的电话号码，有什么需要帮助的，别客气。这几天一定要注意休息，不能饿着，更不能用冷水。"

江薇心里一热，泪水夺眶而出。

四

夏大桦回到家里，已经夜里一点多。老岳母还在小阳台上拜佛，窗户紧闭，香烛的烟雾和木鱼的敲打声一个劲地往客厅里跑，同时还有洗衣机发出嗡嗡的闷响。房琚听到他回来，伸出头来说："你又到哪里去了，不就是回去给我拿件衣服，你就去了一个多小时！"夏大桦不能说他出去的原因，王顾左右而言他，说："你还干啥？还不休息，都苦成黄脸婆了。"房琚说："这些衣服我不洗，都成粪堆了。三个孩子的，三个大人的……你也不帮我一下，整天只晓得你的篮球。我明早九点前要到建行，还要去跑住房贷款的事。"夏大桦说："你工作性质不同，联络有一帮好朋友，什么事都能办。"房琚说："建行的那个信贷科长，前不久弄了个小女人去流产……"夏大桦说："是呀，你这工作性质很特殊的。"房琚说："我们工作的一部分就是把你们愉快之后的不愉快处理掉，另一部分工作就是将你们男人弄坏的工具修好。"

夏大桦将甩干的衣服往阳台的晾衣竿上挂了，又将满是水渍的屋子拖了一遍。回到卧室，儿子睡得很沉，大半个身子都露了出来。夏大桦把他抱到床的最里面，盖好，然后睡上床。没有办法，屋子太窄，读小学二年级的儿子和他们还没有分床。房琚也进了屋子，开始脱衣睡觉。关掉灯，夏大桦的欲火开始燃烧，欲望让他蠢蠢欲动，这也难怪，他们都很久没有性生活了。夏大桦一只手伸过去搂房琚，另一只手像运球一样，象征地罩在她挺起的胸上。房琚推开他的手，说："困死了，你让我好好睡一觉好吗？你一天正事不干，就想这些事！"一句话就像一瓢冷水泼了过来。

夏大桦将手缩回，一只枕在头上，另一只夹了根烟，慢慢点燃。

房琚的乳房虽挺，却是假的。房琚和夏大桦结婚的第二年，就生了夏小桦。依照夏大桦的体力，让房琚怀孕是任何东西都不能阻挡的。夏大桦喜欢打篮球，精力十分旺盛。就算是他刚从晚场上打球回来，累得走路都一踉一踉的，只要上了床，却又像小豹子一样，不把个房琚折腾得喊天喊地，他是不会松劲的。这样，夏小桦自然就像春天的种子一样破土而出。夏小桦有他爹的遗传，身材魁梧，比一般的婴儿要大得多。他刚生出一半的时候，他就给卡住了。见到这样的阵势，经验丰富的产科主任亲自上阵，费了两个小时的力，终于让他们母子平安。只是房琚的阴道给生生割了一刀。那几天，房琚不能动。夏小桦的营养供给，就只好由刚当上的父亲的夏大桦给他煮米粉了。

这本来也正常，可房琚乳房里的奶像山泉水一样开始沁出，房琚却不敢动，一动刚缝合的伤口就会疼得撕心裂肺。孩子不能吮吸，那乳汁就积在了乳房里。房琚的伤口还没有痊愈，乳房却给乳汁撑得硬邦邦的。夏大桦想尽各种办法，用手挤，买吸奶器吸，用梳子背刮，再就是到市里最著名的中医专家那里开中草药来敷。那段时间，房琚痛不欲生，夏大桦精疲力竭。

几个月后，房琚乳房的肿块渐渐消失，本以为一切都恢复正常，不想几年以后，夏小桦进了幼儿园，房琚的乳房突然生病。先是疼得要命，再是肿块复出，以往的各种办法都用尽了，还是不见消失。房琚到放射科照了一个片子，不照不知道，一照吓一跳，乳房里有肿瘤了，经过进一步的检查，是恶性的。房琚一下子垮了。事不宜迟，夏大桦立即请了假，领着她上了省城，住进了肿瘤医院，联系最好的医生，以最快的速度做了手术。房琚的命保住了，却丢了两只乳房。房琚哭得痛不欲生，为那两只乳房，为失去的青春和女性引以为荣的东西。

不过房琚很快从失去乳房的痛苦中站立了起来。房琚在妇产科善于学习，业务精，肯付出。这几年，她积累了很多经验，逐渐成长了起来，算得上是单位的一面旗帜。离开单位这一段时间，主任乱得头晕眼花，累得精疲力竭，常常说，要是小房不病，多好。现在房琚回来了，主任十分高兴，一边劝她要好好休息，一边将手里的工作交给她。房琚也觉得有事情做好，最好是一整天都沉浸在忙碌里最好。那样可以忘记苦痛，那样可以心情愉快，那样还可以多挣点奖金，为买套宽大的房子做经济上的准备。

这样看来，她对夏大桦的冷淡，也是在情理之中的事了。

烟还没有抽完，夏大桦的手机嘟嘟地响了两声，是信息的声音。这么晚了，是谁还发信息？夏大桦打开手机一看，是个陌生号码。他侧过头看去，房琚已经睡熟。他再按翻页键，上面显示：

情随心动，泪携笑来，谢谢你了。江薇。

不愧是教书的，真的好文才。夏大桦一时想不出更好的词语，翻了翻手机，有一则信息台发过来的，还不错。他加上两句，按了一下发射键，将那条信息发了过去。那个短信是这样说的：黄老师问学生，人身上什么器官一操就不舒服？学生面面相觑，不敢回答。黄老师哈哈一笑："都想歪了吧？心！人一操心就不舒服。"别多想，做个好梦。

五

本来过了六月，篮球俱乐部的主任老段就要退休，那样夏大桦就理所当然地坐上这个位子。篮球俱乐部的主任不算啥官，夏大桦也没有什么官瘾，但有这个平台，他可以为新城这个地方的篮球或者热爱篮球的人做点实事。目前各方面条件都很成熟，一是夏大桦和段主任关系很好，非同一般。说准确点，夏大桦是段主任培养起来的，他们之间在外人看来，应该是父子、兄弟那样亲密。夏大桦虽然有些篮球基础，在一个小地方能够叱咤风云，但他能把篮球打到省里并且能调到这里以打篮球为职业，把个人爱好和工作紧密相连，这都离不开段主任的提携。夏大桦原来在乡下教书，一次球赛上出了彩，段主任找他谈了两个小时的篮球人生。段主任十分激动，便花了很多时间，厚着脸找了很多人，特别是领导；费了很多口舌，奔波了很多，终于将夏大桦从教行里调了过来。夏大桦本身就不错，为人坦诚、谦虚，特别是对待段主任，鞍前马后，做得十分妥帖。他篮球上的天赋特好，一摸球感觉就上来。段主任说，动如脱兔这个词语，好像就是专为他造的。

夏大桦是块金子，是段主任给他拂去身上的尘灰；夏大桦是块好矿，是段主任给他推进了炼炉。

回忆起帮助夏大桦调动的情形，段主任还哈着手，弯着腰，回忆那次找市长签字的经典往事。找了很久的领导还没有如愿以偿，段主任不得不采取特殊办法。那次，天蒙蒙亮他就守在市委大院门口。数九天气，寒风凛冽，段主任冷得身上发抖，腿脚发麻，清鼻涕一个劲儿地往下落。市长终于来了，车却没有停，一直开到会议大厅的楼下。段主任早就向市政府办的秘书打探好了，知道这个会很长，而且里面没有卫生间，段主任就在厕所边等候，一等等了两个小时。功夫不负有心人，市长终于出门来，往厕所里奔。段主任也装作上厕所的样子，往厕所里跑。市长站着小便，段主任就站在他旁边的便池边小便。因为冷，也因为急，段主任却一滴也没有整出来。不过，段主任还是很快和市长对上话，将要表达的意思讲了。市长出来，段主任忙跟着市长出来，边走边将那份调动请示送了过去。市长笑了一下说："你也是个爱才的人哪！"便蹲下来，在膝盖上给他签了同意调动几个字，并签了名。字虽潦草，但毕竟是市长的字，作得数的。段主任高兴得一下跳了起来。这下尿却急了，他来不及和市长说谢，转身冲进厕所，哗哗哗地尿了很长时间。

夏大桦深谙他的来之不易，对段主任更加尊重。段主任文化水平不高，当年也就小学毕业就参加了工作，但这种爱才，这种侠肝义胆却是好多饱读诗书的人不可比拟的。段主任家里的事他都积极去做，比如冬天来了，他就去帮忙搬搬蜂窝煤。春节前，就帮着刷刷墙，下乡买点猪肉、土鸡什么的。段主任获了市里的推荐，在省里参加个什么代表会，他负责把表填好，把资料准备好，把先进材料写好。段主任进了办公室，他就给他泡茶。段主任一场篮球下来，累得口干舌燥，夏大桦就给他递上加了甘草和金银花的温开水。

段主任的老伴说："大桦呀，这老段平日里不注意自己的身体，做事常常丢三落四，有你在，我也就放心了。"

夏大桦忙说："不是不是，这点小事不算啥，段主任对我的帮助，我一辈子也还不了。"

夏大桦通过段主任，还做了另外一件了不起的事，就是把另一个年轻人从山区的乡机关调到了篮球俱乐部。那个年轻人就是查颖。查颖在乡上搞宣传工作，更年轻，更帅，更有活力，篮球打得不是太好，但他为人机灵，动作敏捷，有一定潜力，一看就让人喜欢。那次夏大桦下乡看灾情，准备给下边一些救济物资。工作结束了，到了傍晚，就让乡长组织一个篮球赛。在赛场上，夏大桦看到了这个苗子，他的每一个动作都十分规范，每一个腾跃都充满活力。而且，他得手的篮球，哪怕他投球的机会最好，他都没有投，要想办法把球传到夏大桦的手里，让夏大桦获得一次又一次的喝彩。球刚一打完，查颖便往夏大桦手里递雪白的毛巾，递矿泉水。一看，他是早有准备的。夏大桦说："小查呀，想不想以打篮球为生？"查颖当然知道夏大桦的来头，一下子明白了是怎么回事，佝了头，一脸的笑说："夏师，那是我一生的梦想，我就想，老在球场上是什么感觉。"话很简单，但听起来润心润肠，而且很悲壮。夏大桦当即便决定帮助他做成这件事。

吃饭时，夏大桦周围坐的，当然是乡上领导们：书记、乡长、人大主任、分管的副乡长、民政所所长等。夏大桦心里装着查颖，借着大家把酒都敬过的一个空隙问："那个小查，怎么样？"他刚一说完，一桌子的人都不作声。乡长顿了顿说："这个人……咳，咳，不好说。"怎么不好说，有什么问题，乡长没有说，大家也没有说，只是一个劲儿地给他敬酒。夏大桦也不好再问下去，查颖的事也就放在了一边。

夏大桦回到局里，不再想这事。这天，是房琚的生日，他准备提前一个小时回家，把订的蛋糕拎回去，再到菜市场买点菜，好好庆贺一下。前两天，他就给房琚承诺过的。

夏大桦刚出门，就有一个人站在大门的外边，旁边停着一辆风尘仆仆的摩托车，车上还捆着一个黑黑的袋子。

夏大桦从他身边走过的时候，他叫了一声：夏哥！

夏大桦停下来仔细一看，原来是查颖。说："是你呀，对不起，我忙着走路，没注意看你。"

查颖说："夏哥，我刚从乡里来，想请你吃吃饭。"

夏大桦说："有什么事吗？"

查颖说："……没有。"

夏大桦说："如果没有的话，就改天吧！"

查颖说："是……是有点事，我想请你吃饭。"

夏大桦看他一脸的风尘，又累又饿的样子，想他从山里出来，骑三四个小时的摩托车也不容易，想必是有什么重要的事，便说："那你现在就说。"查颖看了看四周，到处都有人来人往，便说："夏哥，有件事情我想好好向你请教，只有你才能帮助我了。"夏大桦犹豫了一下，然后说："好吧，越快越好。"

找了一家小饭店坐下来，查颖开门见山地说是请他帮助调动，听说这几天民政局的篮球俱乐部的确要人，而且很急。夏大桦怕查颖听见，借上厕所的时候，给房琚打了个电话，说办公室有急事，要加班，实在不好意思，晚上回来和她一同点蜡烛，一同唱祝你生日快乐。房琚很生气，说："夏大桦，只有你最忙，我同你结婚这几年，你若干次答应和我一起过生日，可你哪一次兑现了?"不等夏大桦解释,她啪的一下挂了电话。

夏大桦再一次犹豫了一下,回到桌子上,看到查颖满脸恳切的样子,想到这几天找段主任协调调动的人的确很多,一下子心又软了,想回家的话又只好咽了下去。夏大桦把查颖要的酒退了,他们三下两下吃了饭,夏大桦借上厕所的机会,偷偷把饭钱给了。夏大桦给段主任打了电话,段主任却在外面,闹哄哄地给他说有应酬,问他有事吗?夏大桦说有事想找他说说。段主任说好,可能要十点左右才回。

出得门来,时已黄昏,天却下起雨来。秋天的雨有些冷,落在脖子里实在不舒服。他让查颖将摩托车寄起来,查颖却说那车上有一袋核桃,是他从山里刚带出来的,想拿去送给段主任。夏大桦说:"还有其他的吗?"查颖说:"没有了。"夏大桦坐在查颖的摩托车后面,指挥着他,让他把车开到自己的楼下。他小心地看了看,见自家的灯亮着,便一步一缩头地走到自家的炭房前,快速打开门,从里面提出两瓶茅台酒。

他们两个就在段主任家楼下黑乎乎的楼梯间里站着。时间一分一分地过去,漫长而细碎。夏大桦的心里像是油煎一样,心里想着房琚生气的样子,不停地跺着脚。夏小桦刚两岁左右,正是烦人的时候,除了睡着的时候,其余时间都不停地动,手脚齐用,谁也管不住。房琚工作又忙,回到家里要做几个人的饭,还要领孩子,给孩子喂东西。岳母老了,做不了啥,也不大想做,大部分时间花在念经、敲木鱼上。这样想着,他更急。但段主任好像是跟他作对一样,他越急,越是不出现。段主任家的灯光,在他强烈的欲望中一直保持黑暗。查颖很担心,说:"夏哥,你一定要帮我说说好话,要不然失去这一次机会,我就再也没有希望了。在乡下,你看到的,条件差不说,找女朋友都难,特别是打篮球,难找对手的。"夏大桦表示赞同。查颖说:"夏哥,你帮助我调成了,你叫我干啥我就干啥,我给你做牛做马……"夏大桦说:"别说这些。"

时钟指向十一点半,大门外车灯一闪,夏大桦说:"来了!"果然,车一停,段主任从上面下来,喷着一股酒气,步子趔趔趄趄。夏大桦连忙上前搀住,一步一步往上走。查颖扛着那一口袋核桃,在后面战战兢兢。段主任找了半天钥匙,才将门打开。

夏大桦将段主任扶到沙发上,从冰箱里给段主任端来一杯鲜果汁,再放在微波炉里温了温,给段主任喝下,然后再给段主任点烟,才说:"主任,这个小伙子,是岩石乡政府的,人不错,篮球打得特好。我带来请你看一看,这次进人……"

段主任看都不看查颖,说:"都早定了,以后再说吧。"

夏大桦说:"……你安排的那几场球的新战术,这个星期都实践了一遍,队员们反映很好。"

段主任说:"多想想,多练练,只有出新,才能常胜。"

夏大桦说:"主任你之所以高出其他,就是你的创新精神……"

出门来,查颖一脸的沮丧。他说:"我这次怕是不行了。"

夏大桦说:"看情况是有些不妙,如果不行,以后有机会我再帮助你。"

夏大桦回到屋里,已经将近一点钟了。房琚、老人和孩子全都睡了。屋里一片狼藉,没有吃完的蛋糕,满地的玩具,厨房里没有洗的碗。他蹑手蹑脚,轻轻地将锅碗洗净,将玩具收好,将桌子收拾整齐,将地板拖净,自己洗漱了,才慢慢摸到床上。他想亲亲房琚,不想房琚却一把将他推开。他讨好地说:"哦,你还没有睡着?"说着就挤了过去,不想房琚将一个冷背给了他,说:"你玩去吧,别回来了,这个家里没有你。"夏大桦说:"我加班。"房琚冷笑说:"你加班?我打你办公室电话,没人接,打你单位其他人，个个都说没有加班。你，你在哪儿？"夏大桦想不到房琚会有这样一招，顿时语塞。房琚打开灯，目光逼视他说："你说话呀！"夏大桦说："我……我领一个人去找段主任。"房琚说："你不是加班吗？这会儿又是去找段主任？这就是你不参加的我生日的理由？"夏大桦说："那事太急……"

房琚根本不听他的，倒在床上就睡，连空位也不让一点给他。

那一晚，夏大桦睡沙发。

第二天早上，夏大桦早早进了办公室，他还是决定再和段主任好好谈谈。他早早进了办公室，将卫生搞好，将水煨开，将段主任的茶杯洗净，泡了茶，段主任才一步一顿地进来。段主任端起茶杯喝了两口说，昨天晚上不好意思，酒喝多了。夏大桦说："没事没事，主任一定是遇到什么好事了。"段主任说："我一直没有给你说，俱乐部的事现在越来越多，我向局里请示，给我们一个人。昨天早上局里刚定，来找我说情的就好几个，这不，一个老同学把我拉去喝酒，说的也是这事。"夏大桦说："昨晚打搅你，也是这事。我想向你推荐一个人，年轻，篮球打得很好……"段主任说："这事，你叫我咋办？"夏大桦说："我向你推荐人才，是来了就能用的。"段主任说："这个人你了解吗？不会是酸木瓜吧？"夏大桦说："……我对他很了解，篮球打得很好，又有基层机关工作的经验，如果有你的指点，一年后保证比我强。"段主任说："比你强？这样的人倒是难选。为人咋样？"夏大桦说："不错的，我带来你再看一看。"

段主任不置可否，突然说起另一件事，让夏大桦尽快安排好家里的事，和市里的篮球队一起，明天就出发，到昆明海埂训练一个星期，代表省里参加大西南五省一市篮球赛。夏大桦说："主任，你也要去吗？"段主任脸上灰了一下说："我老了，不去了。"夏大桦忙说："主任哪里就老了？你的本领……"段主任挥挥手说："不说这些了，你准备去吧。"

晚上，夏大桦领着儿子上床睡觉，却突然发觉儿子身上奇热，找体温表一试，不得了，儿子烧到三十九度！他连忙收拾好东西，背上儿子，就打算往医院里奔。不想正在这个时候，有人敲门，而且有点不屈不挠。夏大桦打开门，一个人就扛着个大麻袋挤了进来。那人将麻袋放下，直起头来，夏大桦才看清是查颖。查颖说："夏老师，不好意思，这是岩石乡山上的洋芋，没有施过化肥的，送来你尝尝。"夏大桦说："你这是干啥，这么远！"夏大桦虽然是这么说着，心里却一阵的温暖：这小查，心诚呢！他将儿子抱在怀里，给查颖让座，泡茶。

查颖说的事还是调动。查颖说他在乡里受到排挤，他喜欢写作，不承想发表一篇《野火烧山》的文章，刚一见报就给林派所长叫去骂了三天；他喜欢电脑，乡长却让管电脑的人将他手里的钥匙收回；他喜欢打篮球，站所的车子却常常有意开在球场上停着；他好不容易在小学里找到个女朋友，刚有点意思，又被财政所的人撬了墙脚……查颖说着说着，声泪俱下。一个二十多岁的小伙子，居然哭得涕泪滂沱。夏大桦说："小查，别这样，别……"

说着，查颖居然哭着给夏大桦下跪，他双手抱着夏大桦的脚，说："夏哥，你是我的救命恩人，只有你才救得了我。求求你了，我没有啥，我可以做牛做马来报答你……"

那天夜里，夏大桦守在医院里夏小桦的床前，心如汤煮。直到天亮，夏小桦的烧才退了下去。房琚说："你能不能给领导请个假？现在出差，儿子咋办？"夏大桦说："我这是大事，家里不是有你吗？"房琚一下子发起火来："你那是大事，儿子就不是大事了？你去吧！你去了就不要回来了，小桦没有你这个爹！"

很为难的，天一亮，夏大桦给段主任打了个电话，可刚一开口，段主任就说："克服一下吧，哪家没有事？这次可是高规格的，一般人想都别想。"夏大桦把话题转开，再一次说了查颖的事，说这俱乐部还真像是一个家，需要一个勤快人来做具体的事，需要有人将俱乐部的事越做越大。段主任说："我还要你教吗？你是咸吃萝卜淡操心！"

段主任好像还从来没有这样批评过自己，夏大桦也就不好管了。到了训练基地，他和队员们一道，忙得不可开交。第三天晚上，回到宿舍，他的手机上密密麻麻堆满了未接电话。看看不熟，他便没有再回过去，只是打了两个电话回新城。第一个是问问房琚孩子烧退了没有，第二个是问问段主任这几天工作怎么样，身体好不好。这样一试，就知道那些电话不是他们打的，也就放下心来。可那天晚上，夏大桦和队员们训练到夜里十一点多，他回到宿舍，还没有冲澡，传达室的人就叫："谁是夏大桦？谁是夏大桦？有电话！"夏大桦连忙跑过去，接起来一听，是查颖。夏大桦的第一反应是，出了什么事了？第二反应是查颖怎么连这里都找得到。查颖一听到是夏大桦，高兴得不行，说："夏哥，终于找到你了！我打了好多电话都找不到你……"夏大桦说："有事吗？"查颖停顿了一下说："就是那件事，你和段主任说过没有？"夏大桦说："……说是说过，好像效果不是太好。"查颖说："你要帮我想想办法，夏哥，我的命运就交给你了。"夏大桦听得有些火，说："那，你现在手里有多少钱？"查颖说："钱？"夏大桦咬着牙，有些赌气说："我也尽力了，但事情并不是我想的那样简单……如果你有能力的话，弄上三五万块钱，晚上到段主任家去一次。"查颖说："夏哥，我明白了，谢谢你。"不等夏大桦再说话，查颖放下了电话。

紧张的训练之后是鏖战，夏大桦他们团队成绩不错，以两分之差打了个第二名。半个多月后，大家在喜忧参半的气氛中回到了自己的家。夏大桦特意赶到托儿所接夏小桦。房琚和夏大桦事都太多，没有办法，夏小桦刚满两岁，就被他们硬着心肠往到了托儿所里。左顾右盼的夏小桦一回首，就一下跌在了夏大桦的怀里，爷儿俩在涌动的孩子与家长的人流中紧紧抱在一起，夏大桦眼眶都湿了。

　　夏大桦第二天早早地上班，没想到一进办公室，却见查颖正在扫地抹桌子。夏大桦一愣，说："你？"查颖笑了，一脸得意地说："夏哥，想不到吧！"夏大桦说："是想不到，你是怎么来的？"查颖关上门，看了看窗外说："不是你教给我的吗？这招还真灵，局长的签字前天就拿到手了。"

　　查颖到了俱乐部，如鱼得水，很快就体现出过人的本领。不到一个月，段主任便将自己办公室的钥匙给了他一把，这点连夏大桦几年做不到的。有几次夏大桦在街上偶尔见到段主任的车一晃而过，里面总有查颖的影子。而查颖呢，看到夏大桦回过头来，还急忙将头扭开，生怕他看见。

　　夏大桦笑着，自言自语地说："这年轻人，还真灵光！"

六

　　这天，夏大桦从邻市里打球回来，给段杰（段主任）带来了一件当地的土酒。晚上，夏大桦及时把酒送到段杰家，段杰的老伴开了门，段杰却没有在。夏大桦在沙发上坐到夜里十二点，段杰还是没有回来，便只好告辞出来。刚出大门，便见查颖开着车，将段杰送了回来。他连忙迎了上去，说："段主任……"

　　段杰看了看他，鼻子里哼了一声，说："来啦。"便自个儿走了。

夏大桦回过头来，查颖说："哦，这段主任，我也好久不见他了，今天路上见到，顺便送他回来。"夏大桦说："我们明天请他吃吃饭，叙一叙。"

夏大桦第二天早上进俱乐部办公室，意外地见到自己桌上摆着两本《篮球》杂志。打开一看，自己反复修改了几年的一篇《彩虹战术的应用》终于给登在了上面，前面还加了编者按。夏大桦高兴得跳起来，头差点撞在了天花板上。他连忙打电话给段杰，告诉了他这一喜讯，同时邀请他和查颖下午在馆子里吃饭，以示庆贺。段杰并没有接受夏大桦的邀请，冷冷地说知道了，胃里不舒服，不想出门了，暴食暴饮对他身体不利，就想在家里坐坐。夏大桦提出要去看看他，却给他拒绝了。夏大桦在饭店里订的饭，他就只好叫上几个球友来吃了。球友们见夏大桦有些闷闷不乐，便将他生拉活扯地拉到歌厅唱歌。唱着唱着，夏大桦的手机响了，打开一看，是房琚打来的。他连忙出来，躲在花坛后面给她回话。

房琚还在医院里上班，她说刚才听到一个病人讲房地产商预备在城南修金色小区，听说已经立项了。她要夏大桦耳朵灵敏点，提前介入，争取弄到一套。夏大桦连说好，同时夏大桦也表示这事儿房琚比他更有优势，希望房琚多留心一点。

旁边有男男女女嘻嘻哈哈的声音传来，夏大桦连忙将手机关上。他回过头来，却见一对男女，拉拉扯扯往客房部走去，后面还跟着一个年轻人。他仔细一看，那不是段主任和查颖又是谁？

第二天早上上班，查颖眼有些红，一脸疲倦的样子，而段主任根本就没有进办公室。夏大桦问："查颖，昨晚到哪去了？"查颖明显地一惊，看了看夏大桦说："没……没有，看了一夜的书。"夏大桦笑着问："啥书让你这样着迷呀？"查颖一脸的佩服：

"段主任的篮球战术呀，他不是有一本书吗？真的太好了，我一口气看了两遍。"

夏大桦暗自摇头，轻轻叹了口气。

局长找夏大桦谈话，说的是篮球俱乐部人员调整的事。局长说现在俱乐部状态越来越好，在外面影响很大，他反复考虑，决定让夏大桦来负责俱乐部的主要工作。夏大桦没有想到局长会这样安排，他问："那段主任怎么办？"局长说："段主任本来不错，这些年为俱乐部的工作立下了汗马功劳，但他明年就要退休，身体也明显越来越差。段主任仍然在里面工作，就任名誉主任吧。篮球这个活，还是属于年轻人的。你多尊重他，我给他说说，他会帮助你的，他对你印象不错。"

接着就开局机关会，研究的就是这一件事。大家都觉得夏大桦负责这个工作，是再合适不过的了。会上，段杰也很爽快，一脸的诚恳，说再强的马老了都要卸鞍，他对这件事没有什么想法。不管怎么说，他对俱乐部是很有感情的，他会全力以赴，一如既往，把工作做工好。段杰建议说："这是个群团组织，为了充分体现民意，最好还是召开一个代表会，选举一下。"局长说："对对，你的意见对我们来说很重要。现在我们要提倡文明从政，民主抉择。这个事情，就充分听取大家的意见，让大家都来当一回主人。"

"走走过场，也很有必要。"段杰补充说。

"花花绿绿贴制度，认认真真走过场。"夏大桦想起时下讥讽工作作风漂浮的这句顺口溜居然会跟自己有关，不由得笑了。

在篮球俱乐部，夏大桦感觉到，自己算是如鱼得水了。夏大桦本来亲和力就强，好多喜欢运动的年轻人都找到他，和他结成队，每天在场上运动四个小时以上。那篮球到了夏大桦的手里，感觉就是不一样。夏大桦的手与篮球接触后，心灵就会温暖，就会平静下来。在与篮球发生互动的过程中，他忘记了眼前的一切，眼里只有篮球，只有篮圈，只有风云际会的篮球赛事。此前，曾经有一天局长不经意地和他说起，要他去局机关办公室当主任，他笑着拒绝了。局长看重他的文字，他学过哲学，思辨能力强，写写材料，陪同上面下来的领导到基层走走，介绍情况，他做起来都很得体的。这是一个需要健康的时代。好多人吃饱了，吃好了，身上就会长肉。肉太多了，就会成为累赘，就会生病，影响健康和工作。运动成了时下新城这个地方的一种时尚。夏大桦现在所从事的，应该是一种时尚的工作，领着国家发的钱，做着自己喜欢做的事，何乐而不为呢！

夏大桦很清楚，自己还有一个缺点，就是个子太高，好多领导都不喜欢。

夏大桦是乡下白杨树那样的人，不管栽在哪里，只要有空气、阳光和适当的水分和温度，他就能生根发芽，并且要不了多久，就能长出绿叶，抽出新枝。这样一个群体每天除了练球，还一起上咖啡厅，一起喝茶，一起进卡拉 OK 厅，劳逸结合，有张有弛，对于他来说，是一件幸福的事。房琚的事情很多，夏大桦就主动承担起接送夏小桦的工作。现在，儿子上了三年级，语文老师换成了江薇，他觉得和江薇见见面，就儿子的学习沟通一下，是打着火把也找不到的好事。何况江薇是得到过他的帮助的知恩图报的人，对他十分客气。只要外面没有赛事，他就会抽出时间来，领着儿子做做作业，洗洗家里堆了多日的衣服，和老岳母谈谈心。人老心多，和老人交流时间少，日子久了，难免要出这样那样的事。夏大桦所学的哲学，深知宗教是苦难人的避难所，与老人家在佛教方面的理解大多是一致的，沟通起来就容易得多。

夏大桦并不嚣张。篮球俱乐部选举的各项准备工作正在有条不紊地进行。那几天，正好是中秋佳节即将到来之际，夏大桦扛着一箱箱上好的苹果和精制月饼，到局长和几位副局长家送节，到段主任家坐坐，表示感谢。夏大桦变得越来越成熟和世故，他懂得了人情和对工作的珍惜。随着年岁的增长，他知道现在真的不容易。在段主任家，听到段主任最近要出国，段主任埋怨国外礼节多，要穿礼服要打领带，他到目前还没有一套穿得出的西服。夏大桦就跑遍了全市最好的西服店，最后在"与狼共舞"服装店里买了价值五千多元的西服一套、领带一条、皮鞋一双，外加一双上好的雪白的袜子。他再一次敲开段主任家的门，一边说着感谢的话，一边将这些东西放在客厅的背处。

　　会议筹备期间，段主任大多没有在俱乐部。听小道消息说，那位喜欢篮球的副市长要调邻近的一个市里负主要责任。夏大桦除了惋惜新城将失去这样一个好领导外，并没有多想，更没有把这件事情和自己联系起来。段主任和副市长曾有一定的交往，这几天，离别之情浓如秋意。人之将走，其阵也乱。该告别的告别，该收尾的工作得收尾，其实这也没有什么不正常的。

　　那几天里，他收到很多的短信，都是一些好朋友知道他的情况后给他的祝福。其中就有江薇的。他很想得到房琚的祝福，但房琚却没有把这件事当回事。他和房琚作为夫妻，但沟通太少。房琚总是忙，这几天房琚除了房子设计、装修上的事，她的侄儿好像是跑进了网吧，好几天没有回家，也不到学校。夏大桦给她说起选举的事，她显得心不在焉："俱乐部？你那也是官呀？旧社会的头娃子罢了。"

　　选举投票的时候，夏大桦有些志在必得。或者说，夏大桦深知这种群团的选举无不是走走过常，大家聚一聚，吃吃饭，喝喝酒，互相沟通，知道有这么一回事。一个俱乐部负责人，也不是什么官，相反要给大家服务，做仆人，有这样的人，对于大家来说，是件好事呀！根本就没有谁会来和他竞争，根本就没有人会和他过不去。

参会人员虽然不多，但还是做得有板有眼。会议由夏大桦主持，此前他也多次请段主任主持会议，但段主任坚决地谢绝了。段主任说："我已经开始卸鞍了，你主持，以后好多工作都是你的了。"夏大桦事先早就做好了准备，主持词、工作报告、领导讲话，他都搞得有板有眼，有他当年学哲学的基础，有在乡下学校当老师那几年的打磨，他做这些事情就很规范。鲜花、主席台、桌签、布标、庄严的会议、冗长的讲话、代表的鼓掌、分组讨论……很是繁乱冗多，但很有程序。局长作过指示后，夏大桦就开始做工作报告，报告完了，段主任又讲。然后，才开始投票。俱乐部十三个成员按照主持人夏大桦的要求，依次从票箱前走过，认真地投上民主的一票。当然，夏大桦也庄重地给自己投上了一票。很快，计票结果出来了，他只是感觉到监票人朝他很异样地看了两眼，便开始唱票了。十三个人，他得了五票，也就是说，他的票数根本就没有过半，他当俱乐部主任的事就黄掉了。他有些不相信自己的耳朵，他知道有人会反对他，他不奢求全票通过，但不投他票的也应该不过两三个人，无损大局。可现在这件事情出来了，夏大桦像是背后给人捅了一刀，他真切地感觉到快刀切入的咔嚓声和血浆奔涌而出的高度。

他勉强笑了一下，尽量显得从容和平静。

会议结束，他缓步踩过红地毯，走出会场，好多人都用复杂的眼光看着他，是同情、伤心、愤怒、怀疑，还是可怜、嘲笑、不屑、鄙视，他说不清，也懒得去想。出得门来，天气特好，太阳光从高处落下，像金色的幕布从天而降。想想，他掏出手机，打了一个电话给段主任。段主任说："你在哪里？"夏大桦说："我在外面。"不一会儿，段主任走出来，并不看他，说："怎么会是这样？这种结果可没有想到。"夏大桦说："我也不知道，不过没什么，只是你失去了一个好助手，你保重吧！"

他想起来了，选举投票之前，查颖和另外一个代表搂着肚子跑出去，说是材料好像掉在厕所里了，要去找找，过了好一阵才回来。

他想起来了，原本是选举他的，可代表是哪些人，参会的是哪些人，他都不清楚。他跟段主任要名单，段主任在办公室东找找，西翻翻，说不知道放到哪里去了，改天再找。不过，那些人嘛，都是一起玩球的，应该没有啥。他还想起来，有一天，段主任对他说，他请了一帮球友喝酒，把选举的事给大家说了，要大家支持一下夏大桦。当时夏大桦还激动地说："主任，太谢谢你了，要是没有你，我不知道还在哪里混日子……你关心我，我终生难忘。"

篮球能让人体验到生命中那么多的美妙，能让人收获健康、勇气和信心，收获好的心情，收获智谋与境界，收获人与人之间的爱与团结，但篮球也暗藏杀机、阴谋、分离和抛弃……夏大桦不敢继续想下去。

走出门来，夏大桦才忽然想起，好几天没有回家了，他不知道房琚的情况，也不知道念经信佛的老岳母和儿子夏小桦以及那两个侄儿的情况。他拍拍脑袋，掏出手机把电话打了过去。原来儿子发烧，正在输液呢！夏大桦连忙打车赶过去，儿子一看他来，就哭，就将头往他的怀里靠。房琚则将头扭开，好像还往眼上揩了两下。夏大桦说："你怎么哭了？"房琚说："没有呀。"不料那眼泪却落了下来。夏大桦说："你怎么了？你不舒服吗？"房琚说："你……你怎么样哪？"夏大桦说："好好的呀！"房琚说："你还瞒我？我都知道了。我早就说过，你那球，有什么意思！"夏大桦说："和你的医术相比，打球真的没有意思……不过这样好,这样我就有更多的时间来陪你,来陪我们的儿子。"夏大桦低下头对儿子说:"你说是不是?儿子!"夏小桦点点头。夏大桦从枕边拿起房琚带来的《安徒生童话》,开始给儿子讲故事。

输完液,夏大桦开着车,领着儿子,随着房琚去了新房子。房子正在装修,七八个工人正在一大堆水管、木料、油漆、石膏板、地板之间忙碌着。电锯在撕心裂肺地叫,呛人的灰尘弥漫了整个屋子。原来没有抹平的墙面被铲除,一些劣质的管线也被拆掉,就是门窗,房琚也要求用时下最好的材料。房琚大声地、兴致勃勃地给他介绍装修的情况:这里要吊顶,这里要打一个立柜,主卫生间里要买一个蒸汽房,厨房里最好多安吊柜……房琚还说,工期安排是三个月,完工后透两个月的风,春节之前就可以迁新家了。想着家的温暖,想着房琚为家的付出,想着自己刚过去的经历,夏大桦哦哦地应着,喉头却再一次哽咽了起来。

夏大桦特意回家洗了脸,梳了头,发上还打了摩丝,换了笔挺的西装。当他出现在成立俱乐部的晚宴现场的时候,宴会正好开始。局长见他来,连忙让了个位置给他。而另外好几个人,特别是查颖,脸上露出十分尴尬的神色。

那次晚宴当然就进行得特别有意思了。夏大桦因为落选,大家就特别关注,纷纷主动给他敬酒,和他说一些祝福的话。他也站起来给大家敬酒,他目光如钉,在每个人的脸上都看上好几秒钟。原本他是想让他们看看,他夏大桦并没有倒下,并没有把那个俱乐部负责人看得有多重,他夏大桦是个顶天立地的人。可那种效果就不同了,他敬局长,局长也回敬他,说:"没事的,搞事业的人,不在乎这样一个芝麻位置,下一步我们还会研究这件事的。"他敬段杰,段杰连忙反敬他,客气得有些反常。他敬到有几个人，那些人把头都低了下去，目光躲闪回移，他心里就明白了。酒杯端到查颖面前，他的目光笔直地看了出去，查颖却不敢看他。他笑着说了一句："祝你们成功！"查颖嘴里像是含了一口菜，嘟囔道："成……功……"

就是在那个时候，江薇一下子走进了他的世界。

逐一敬了酒之后，夏大桦无意回过头来，却见一个小女人正看着自己，那目光有些妩媚，有点紧张。夏大桦揉了揉眼睛，认真看去，那人却是江薇，江薇微微一笑，端着一杯红酒朝他走来。

夏大桦说："你怎么在这里？"

"你还不知道吧，我前几天刚加入篮球俱乐部。"江薇挺着胸，胸脯鼓鼓的，好看。江薇又说："挺立是勇士最好的姿势。我敬你。"

夏大桦手里端的是一杯白酒，当他和这个叫作江薇的女人碰杯的时候，这女人一口干掉半杯红酒。夏大桦犹豫了一下，也一口干了。那杯白酒足足有二两。

也不知道喝掉了多少，那一晚，夏大桦醉了。勉强撑着回到家里，夏大桦倒在沙发上就不再想起来。夏大桦头疼欲裂，脑海里是那些巨大的篮球在滚来滚去，忽远忽近，忽轻忽重，他睡不着，吐不掉，坐不住。

酒呀，真是害人的东西。他想，那么，篮球呢，那是不是也是害人的东西？

夏小桦看到他的那个样子，急得哭了。他说："爸爸，是哪个坏蛋让你这样，你告诉我，我教训他。"夏大桦虽然醉，但头脑的一部分还是清醒的。他摆摆手，再摇摇头，说："儿……儿子，别……不，是……是我自己……要喝的……那酒……那酒一定是要喝的……我，我夏大桦……顶天立地……"

可儿子却很激动，夏小桦气得小脸都暴起了青筋，还一副不依不饶的样子。夏大桦有些感动，还是自己的骨肉亲呀！他想安慰他一下，可他说不出话，刚要张口，舌头则突然短了，怎么伸也伸不直。但他却有很多话要说，关于篮球的，关于自己的，关于儿子的，关于妻子房琚的。好多爱恨情仇，好多明枪暗箭，好多死生契阔……说不出他就骂，他就呕吐。纸篓里吐不下他就吐在垃圾箱里，垃圾箱吐不进去，他就吐在地上，沙发上，还有自己的衣服上。食物吐完了，他就吐酒，酒吐完了，他就吐胃液，胃液吐完了，他连胆汁都吐了出来，满口的苦。苦不堪言哪！

一直折腾到很深的夜里，好不容易，他才沉沉地睡去。

好像是第二天黎明了，夏大桦动了一动，远处有报更的公鸡喔喔地叫了几声，他觉得头还疼得厉害，眼睛又疼又涩，口又渴又苦。他以为自己死了，在大脑觉得自己在无限地向下滑落的时候，紧紧抓住了一根稻草，好半天，他才静止下来。努力控制自己，让自己逐渐镇定，让自己睁开眼睛。他看了半天，才看见房琚焦急的样子。房琚见他醒来，放下手中的《妇科研究》杂志，给他倒了杯刚榨好的橙子汁，让他喝下，将本来清扫过的屋子再打扫了一遍。然后洗脸，穿衣服，简单地化妆，换鞋，提包，开门，风风火火地出门了。

房琚常常就是这样，单位的工作高于一切。

夏大桦再一次倒下，一直睡到当天的黄昏。

夏大桦起床，慢慢站起，拉开窗帘，户外早已是万家灯火。夏大桦的房子在顶楼，放眼看去，整个城市尽收眼底。天空中一轮浑圆而金黄的月亮，明丽地挂在蔚蓝而干净的天空。他这才想起，今天是中秋佳节。因为忙，他们一家好几年没有好好地过上一次团圆节了，甚至常常将节日忘记。

站在窗前,他还是有些头晕目眩,只好慢慢撑着坐到床上。他打开手机想看看时间,不想只一会儿,好多信息像黄昏归巢的麻雀,叽叽喳喳一股脑儿地涌了进来。他打开一看,都是江薇发来的:

> 爱也罢,恨也罢,心胸爱恨皆无挂,有缘无缘前生定,爱者该爱,恨却白搭!苦也罢,乐也罢,酸甜从来拌苦辣。笑口常开大丈夫,苦也哈哈,乐也哈哈。福也罢,祸也罢,祸福双刃切记下。人生坎坷是阶梯,福惹当头,祸踩脚下。成也罢,败也罢,莫以成败论高下。尽力奋斗是英雄,成也潇洒,败也潇洒。得也罢,失也罢,患得患失误年华。凡事该做尽做,得了更好,失也没啥!褒也罢,贬也罢,过眼烟云一刹那。醒也罢,醉也罢,半醒半醉为最佳。忘物忘我大智慧,醒是聪明,醉也不傻。

夏大桦再摁,里面又跳出一行字来:桦兄,我目睹了昨天发生的一切,我理解你的心情,现奉上"乐观谣",祝中秋快乐。

夏大桦眼泪哗的一下子涌了出来。在他的印象中,他已经是好多年没有流过泪的了。他快速回复:"小江妹妹,谢谢你。"不一会儿,手机上显示:"哦,你好些了吗?"夏大桦:"好多了,谢谢你!"江薇:"谢那么多干啥?可以出来吗?我在得月楼茶室赏月。"夏大桦:"我马上来。"

面对江薇,夏大桦忍不住内心一乐,暂时忘记了内心的苦恼。江薇的胸脯无法掩饰地突出。江薇本来就好看,脸白白嫩嫩,眼大而眉浓,除此之外,腮上还有一对小酒窝,身材丰腴,腰却很细,真的让人心怜。

江薇一边安慰他，一边就选举的事和他谈了很多。一个个细节连在一起，一个个现象凑在一起，夏大桦禁不住全身冷汗：这是一个圈套，织这个圈套的人，会是段主任和查颖吗？夏大桦很想知道是谁在那里发号施令，为什么要那样做，可想了半天，他根本就找不到背后的司令台。

江薇还给他说了一句更为经典的话：要成功，需要朋友；要获得巨大的成功，需要敌人。

不需要更多的铺垫，他们拥在一起，先是看月，再是看对方的双眸和唇，最后慢慢地便合二为一了。

七

篮球本是夏大桦的生命。这一生来，除了在房琚身上花过更多的时间，此外就要算是篮球了。或者说，在房琚的身上，夏大桦花的工夫也没有花在篮球上的多。夏大桦的父亲是个教师，早年师范毕业，就给分在新城山区深处，白水江边的一个小小的县城教书。那县城坐落在半山腰上，只有那么横而且窄的两条街，学校在街子的尽头，一排教室，教师宿舍就在教室的三楼。而操场，小得只能勉强设一个篮球场。功课不太重复，除了上课，对老师们也好像没有做更多的要求。那时候夏大桦除了躲着父亲在白水江里浮水捞鱼外，就只有在篮球上打发时间。那篮球场用一圈石头围住，外面就是一壁悬崖和大江了。夏大桦和他的队友们首先必须苦练的，就是只能将篮球在有限的空间里接稳，否则篮球失手，就有可能翻过院墙，跌下悬崖，落入奔腾不息的白水江了。一个篮球，就是夏大桦父亲一个月的工资。夏大桦在失手第三个篮球之后，就再也没有失手过，原因是他的屁股连续三次被打破，而他的球艺也越来越精。

后来夏大桦考上了高中，考进了师大，学的是哲学。他的哲学不怎么样，可他的球艺却日渐长进，在学校时就是篮球队的主力。在调进民政局之前，他对民政工作一无所知，是因为篮球，是段主任看上了他，把他要了去。去了三个月，他才知道，民政工作做的是善事。哪里下了冰雹，哪里山体滑坡，哪里失火，哪里大雪封山，他们就出现在哪里。送被子，送寒衣，送大米精油帐篷，那些老百姓就会含着眼泪感谢政府感谢领导，甚至有的还跪下就不起来。夏大桦由衷地热爱上了这一份工作，并且做得很认真。在他眼里，打篮球是精神生活，而民政工作是物质生活。

房琚就是在那个时候走进他的生活的。

房琚是市医院妇产科的医生，介绍人说这是一个非常负责的女孩，谁娶到她谁就有福。介绍人举了两个例子。一是房琚到了市医院妇产科不到两年，就是里面的骨干医生，原本要在省上才能治好的病，在这里也能治好。科室的外在形象好了，医生护士月平均奖金达三千元以上。二是这个房琚，刚在这里工作的第二年，就把母亲接了过来，和自己住在一起，有孝心。还把两个侄儿带来，在这里上了幼儿园，这不，两个都上小学了。凭此判断，房琚是个值得信任的女孩。

果然，见面的第一天，房琚就领着她的一个侄儿过来。她告诉夏大桦，另一个侄儿在学校里补课，待会儿她还要去接。夏大桦家就他一个，因此他对家里人多人少，好像并无多大感受。甚至他还觉得，家里人多，热闹。他约房琚一起吃晚饭，房琚没有同意，因为家里还有一位年近七十的母亲。为了表示亲近，他还是盛情邀请了房琚和她的侄儿进了一次麦当劳。

那次见面并没有多少印象，像这样的见面，夏大桦并不是第一次。

也不知道是谁约的，一天下了班，夏大桦就和几个球友一起去了医院后面的球场上打篮球。这是虽然是医院，可球场特大，别人介绍后，夏大桦才知道，这里是全市的企事业单位篮球训练基地。篮球场气派得不行。夏大桦一上场，感觉就特好。仅上半场，他就投进五个三分篮，何况他的对手并不差。下半场打了五分钟，有人叫暂停，夏大桦走回自己挂衣服的地方，喝了半瓶水，拿出手机来看。不看不知道，一看吓一跳，手机上有十二个未接电话，都是老爹的手机号码。夏大桦连忙打过去，有人接了电话，那人却不是老爹。那人说，你是不是夏大桦？快来市第一医院急救科，你爹脑溢血！夏大桦话都没有和队友们说一句就开跑了。

夏大桦跑到医院，父亲正在急救室接受抢救。他挤了几次，医生都没有让他进去。只是其中一位医生让他到了办公室，让他坐下，还给他倒了一杯白开水，给他讲了父亲病情的严重性。末了，让他在手术单上签字，同时在收费处交一万元钱。他颓然坐下，难受得直打自己的头。夏大桦刚上初中的时候，母亲就离开了父亲和他，嫁给了一个乡政府干部。自此，夏大桦家里就只有父亲。父亲深居简出，除了上课，就是坐在家里看书，甚至连《现代汉语成语词典》，他看的遍数也不会低于十遍。退休后也是这样，只不过是把上课换成了在公园里和老头们下棋，也没有再找一个老伴。夏大桦整天忙工作，忙打球，很少和爹坐坐。夏大桦自责不已。

父亲的病情好像比想象的还要严重。两个小时后，手术还没有结束。此时，好几个朋友都过来了。房琚也来了，这次她没有领着她的侄儿，而是拿着开水瓶、饭盒、毛毯之类，饭盒里还有香喷喷的饭菜。房琚一刻也没有闲着，在医生办公室里走出走进，充分发挥她在医院里人熟的优势，把一件件事情落实得顺顺畅畅。夏大桦心里涌起了一点点温暖。

四个小时后，爹被推出了手术室。医生的表情麻木。好像是主治的医生，拉开口罩，抹了抹满头的汗，对他说，对不起，我们尽力了。

一个老人就这样走了。父亲的丧事在顺理成章地进行。亲友和同事的吊唁，父亲退休前单位学校领导的悼词，火化，安葬，这些事好像都跟他无关，又跟他有关。母亲来了，守了三天灵，落了一些泪，然后又在他的视线里消失。房琚很主动，一直都在灵前守候，上香，烧纸，打扫卫生，给客人倒茶，一切都做得有条不紊，俨然一个家庭主妇。夏大桦原来不懂的好多礼节，她都能一一弄清楚，而且做得很好。

夏大桦后来也去过房琚的家里两次。第一次是请房琚给他打父亲治病的医疗清单，以便他在父亲生前的单位报销。第二次是中秋节前，夏大桦单位上发了五斤火腿月饼，接着又有一位乡下的球友送来了一盒。夏大桦一个人吃不了，他就想起了房琚。他给房琚送去的时候，房琚正在给侄儿辅导，两个侄儿一左一右，个头比她还高，在她不停的讲解中却有些心不在焉。两个侄儿先看到他手里的月饼，不约而同地站了起来。

屋子很窄，而且是租的，夏大桦坐下去的时候，屋子仿佛就更拥挤。房琚自然是十分高兴，连忙让座，给他倒茶，剥晶莹剔透的石榴。房琚那种热情，很是让夏大桦感动。夏大桦端起茶杯，喝了两口，茶是好茶，只是存放的时间太久。之后，夏大桦又见到了房琚的母亲，一个六十多岁的老女人。房母手里握了佛珠，口里念念有词，见他进来，只是点了点头，也不说话。

那天晚上，夏大桦在房琚家里吃了饭。两个炒菜，一个汤，很简单，房琚却做得有滋有味。夏大桦很久没有吃过这样的家常菜，这样爽口也还是第一次。

吃完晚饭，房琚打扮了一下，和夏大桦走出门来。房琚住在东门的一条小河边，小河穿城而过，带走城市人留下的很多垃圾，同时也带来一阵阵微微的风。夏大桦这次破例没有闻到小河里的腥臭味，而是身边这个房琚刚施过的淡淡粉脂，弥漫了他的整个鼻孔。夏大桦有些醉意。

不知不觉，两人来到夏大桦的家里。三室一厅，小小的，却带有卫生间。房间里的布置很简单，沙发旧了，床上用品也旧，不过都洗得干干净净。此外，书架上摆满了关于篮球的书，墙上挂着父亲生前写的"淡泊以明志，宁静以致远"的横幅。房琚倒是很满意，她一间一间地看着，看到某处的时候，还略加点评，比如窗帘的颜色，比如桌边插花的多少，多少有点女主人的味道。

看完了，也累了，也不知什么时候，两人坐在夏大桦的床上，也不知什么时候，房琚的双手就钩在了夏大桦的脖子上，夏大桦的手就颤抖地搂住了房琚。

他们在那一张床上，尝了几次禁果后，房琚就提出了结婚的事。这是理所当然的，夏大桦也就没有反对。新房就布置在夏大桦的屋子里，请人刷了刷墙，简单地买了点家具，请算命先生看了婚期，简简单单请了几桌客人，事情也就算是搞定了。这样，夏大桦的家里就多了几个人，房母、房琚的两个侄儿。夏大桦有时也觉得累，觉得挤，觉得无聊。他虽然打篮球，但在之余，他还是个喜欢清静的人。更重要的是，他和房琚做爱的时候，常常只能偷偷摸摸，像两只小老鼠。有时他的动作大了一点，房琚都要及时地、理智地制止他，要他轻点，再不，干脆停火。

他觉得好烦。

后来，他们家又增了一个人：夏小桦。

夏小桦的出世，给夏大桦增添了无限的欢乐。那刚刚出世的肉团子，居然会哭，会咧嘴，会笑，会蹬腿，会睁开眼睛，陌生地看着他和这个世界。他逗他，从口里或者指间发出的一些声音，他居然会显现出听到了的样子，会转动着小脑袋寻找。他给他洗衣服，洗尿片、屎片。那些以往令人皱眉、令人作呕的事情，现在对于他来说都是快乐的。他当爸爸啦！他有儿子啦！以前听到别人说起孩子的事，他总是王顾左右而言他，而现在不同了。他可以理直气壮地和大家一起讲孩子的喜怒哀乐，讲孩子的吃喝拉撒。尽管还是个毛孩子，他却可以抱着他，在阳光灿烂的日子里，在院子里晃出晃进。这段时间以来，他忘记了篮球，甚至是在房琚怀上孩子以来，他就松懈于对篮球的训练。不，他也没有松懈，而是把房琚挺起的、圆得日赛一日的肚子当成一只篮球，每日里精心地抚摸它，感受它。还给他听音乐，讲故事，忙得不亦乐乎。

真正的篮球，是有生命的呢！

夏小桦也真够能干的。首先是夏小桦太能吃，能吃自然就能屙，夏小桦屙起屎来，更是不讲任何理由和条件。有时夏大桦抱着他，正在院子里逗着，只看他眼一瞪，脸一红，刺啦一声，屎就下来了。或者是院子里李婶家的哈巴狗伸着鼻子跑过来，在他们爷儿俩身边转来转去，夏大桦就明白儿子出战果了，连忙往屋里跑。这样，夏大桦屋里就横横直直地拉满了铁丝，铁丝上挂满了万国旗，满屋子里飘飞着屎尿的腥味。月子里，房琚是不能摸冷水、遇冷风的，房琚的母亲七老八十了，也是不能动这动那的，不生大病就算不错了。那两个侄儿，他们不给你添乱，不出去打电子游戏，不捂着鼻子哼来哼去，就已经算是对得起人了。但夏大桦觉得快乐而阳光，幸福得有滋有味。

夏小桦出世后，屋子里就更窄了。原来说窄，脸对脸，不好看时，就各缩回各的屋子里。现在不行了，夏小桦以锐不可当之势，霸占了整个屋子，屋子就显得更窄了。房琚躺在床上，让夏大桦给他捶腰："夏大桦，考虑重新买房吧！"

八

江薇呢，江薇一直走不出她的内心。在她的世界里，梅先笙是个人物，是个了不起的人物，不说别的，单说那一篇短短的《乳赋》，就让她感慨万千。年少时那些男孩，一个个风流倜傥、能言善辩，一个个痴心不改、心甘情愿，仿佛真的可以海枯石烂，但随着时光流逝，一个个在爱情的浅滩里烟消云散。梅先笙比她江薇高出得太多，距离太远。她原想的是夫唱妇随便可以恩爱无双，她便可以幸福一辈子，但她想错了。她在梅先笙的世界里，就像是一只小小的蚂蚁，或者剧场里的一个小小配角。她知道梅先笙的旷达，文学上的旷达，特别是在性上的旷达。她知道梅先笙的生活里，绝非只她这样一个女人。她理解他，一直想的是，男人需要休息，需要港湾，需要稳定。但她没有想到是，会有现在这样一个局面。

但是，现在，她爱上了夏大桦。一个有夫之妇和一个有妇之夫在一起，却有着另外一种刻骨铭心的感受。和夏大桦在一起，她有安全感，不会考虑自己是否被别人算计，不需要考虑他的哪一句话是假。有时，给孩子们上着课，给学生提问的时候，她都会脱口而出：

夏大桦！

从座位上站起的，是夏小桦。夏小桦基本继承了夏大桦宽宽的额头和高挺的鼻梁，还有一双不是很大的单眼皮眼睛。但夏小桦却没有他爹那高高的身材，还有……夏小桦说："老师，我叫夏小桦，夏大桦是我爸爸。知道知道。"江薇脸红扑扑的，笑着，连忙找个不至于太为难夏小桦的问题，让他回答，再表扬他两句，让他坐下。

"江老师对你很好呀！"同桌悄悄地给夏小桦说。

夏小桦回到家里，在饭桌上就会告诉爸爸和妈妈："江老师最近对我很好。"房琚说："是呀，你学习好了，老师就喜欢。"夏小桦说："只是她常常会把我的名字叫错。"夏大桦说："哦，叫成啥？"夏小桦说："叫成夏大桦。"房琚说："谁叫你们爷儿俩的名字都差不多？只是大小之分……"夏大桦说："都是当时你让这样取的呀，以后我老了，成了夏老桦，儿子不就是夏大桦了吗？"房琚说："这有什么不好吗？我希望我儿子很快就长成夏大桦，只是要比他爹更有出息……只是，是不是买上点礼品，过几天去江老师家走走，人家对儿子付出了心血，我觉得应该感谢一下才对。"夏大桦阻拦道："算了算了，老师嘛，对哪个学生不是一样？以后再说吧！"

夏大桦不这样做，有他的原因。这段时间以来，江薇对他越来越热，基本上离不开了，电话信息像雷达一样跟踪。有时，夏大桦正打着篮球，江薇一个电话来了，而且夏大桦不接，那电话就永不停止地叫。球友们就说："夏老师，你的电话叫了！"有时，夏大桦正和房琚一起，在新房子里谈装修的事，江薇一个信息又来了。夏大桦看了一下，房琚就说："你是啥信息，这么多？"夏大桦忙说："是天气预报。"房琚说："你让我看看，下午好穿衣服……这信息台就是烦，我的信息怎么还不来，我的电话消费都比你高呢！"夏大桦搂着肚子说："好！好！我先上一下厕所。"

两人终于在一起的时候，云山雾海，却又惊心动魄。夏大桦还来不及吻遍江薇全身的时候，江薇已将他吻了个遍。夏大桦还没有心理准备时，江薇早已春情荡漾，虚席以待。夏大桦知道，这个女人开始发疯了。

江薇再次举手投降,这种失败往往是毫无还手之力。夏大桦也全身大汗,面条似的横陈在宾馆的大床上。俩人看着对方这种样子,都不约而同地笑了,却又将对方紧紧缠住。

夏大桦说:"你呀,你还是小心一点。别总是打电话呀,发信息的,有时我不方便,很危险的。"

江薇说:"我不,我喜欢你嘛。"

夏大桦说:"我也喜欢你,可是……"

江薇说:"没有可是,我喜欢。难道你不知道,河豚有毒,可吃它的人很多。他们可以不要命,也要尝尝那鲜。"

夏大桦抚摸着她满身丰腴:"其实我们就是在吃河豚哪!你不想要命了吗?"

江薇说:"不要了,有你就足够。自从有了你,我就开始不知道自己了……"

夏大桦有些怕她了,她这样一来,大有过街楼老房子着火的感觉。江薇一打电话,他就说,正忙,改时打给你。有时,江薇给他发信息,他却很长时间不回。以往他可不是这样,但现在……夏大桦觉得,他们之间需要爱,但更需要冷静和理智。

夜很深了。房琚昨天夜里值班,白天没休息就去买装修材料,很累,早早地睡了。老岳母上了今夜的最后一炷香,木鱼也停止了敲动。夏大桦给几个孩子检查完作业,催他们上床。然后坐在狭小的客厅里,研究他的篮球战术。

这些年来,夏大桦对篮球一方面实战,另一方面进行理论上的研究,并且常常有文章在相关的报刊上发表。他现在研究的是一门十分独特的战术,叫作彩虹战术。他认为,彩虹战术是篮球比赛中一种进攻人盯人防守的阵地进攻战术体系。以半场进攻为区域,这五位不同位置的球员好比是圆形上分布的点。其中,中锋就是圆心，持球队员传球后给其他队友后向相反方向做圆形移动掩护和拆入，画出一个个圆形的轨迹。夏大桦作为主力，常常在这样一个战术里充当圆心。这样一种战术，因为有队员的灵活和团结，常常是变幻莫测，令人眼花缭乱。一段时期以来，夏大桦的球队常常以这样一种战术而大获全胜。而现在，他的球队……

嗡——！手机发出轻微的振动。自和江薇有了那一层关系以后，夏大桦每天都在调整手机。在球场上就用最大的铃声，在家里就用最小的振动。夏大桦打开一看，是江薇。他没有接，继续在纸上画着图。自从上次选举失利后，夏大桦很久没有打篮球了。段主任和查颖没有就那件事和他作过哪怕一个字的解释，也没有在各种篮球赛事上推荐或安排过他。今天是民政系统的"五一劳动节"活动，局长临时组织了一帮人打了一场友谊赛。夏大桦在场，就当仁不让地进入了球场。可是他怎么也打不出当年的那种感觉，接到几个球，都传递得不是那么得心应手。一场球下来，他的进球率不过三分之一，这是夏大桦自进大学球队以后便再也没有过的悲惨景况。

夏大桦在纸上画着画着，他悲哀地发现了问题的症结：段主任和查颖都没有给过他一个球。而他所递过去的球，他们俩无一例外地没有投进篮圈。他们研究和遵循了多年的战术，段主任和查颖好像还在有意破坏。好别扭呀！

团结和配合是打好篮球的关键。他的彩虹战术失灵了。无兄弟，不篮球，看来，这真的是篮球的灵魂。

嗡——！手机再次振动。夏大桦打开一看，又是江薇。夏大桦往卧室那边看了看，小声说："你在哪儿？有事吗？"江薇说："你又在开会吗？"夏大桦说："没……没有，我在外有事。"江薇说："我在你家门口，你的车就停在楼下。"夏大桦打开门，果然是江薇站在门口。江薇一袭紫裙，在走廊灯光的照射下，仙女般楚楚动人。

"你……"夏大桦说。

江薇一把钩住夏大桦的脖子，嘴凑上来堵住他的嘴深深一吻说："我想你了，透心，又透骨。"

夏大桦回头看了看，压抑而又紧张地说："你疯了！他们都在家！"

江薇说："让我进来坐坐吧，可以吗？"

夏大桦让了一下，江薇走了进去。江薇四处看了看，坐下，看一桌子夏大桦的乱七八糟的图说："这是什么呀？"夏大桦说："篮球战术呀。""篮球战术？"江薇说，"大桦，你可以教教我吗？"

夏大桦说："这是篮球，我们不是常常在一起交流吗？"

江薇说："不，我不需要虚晃与逃离，你不是说过，球场如人生吗？我说的是，这爱情的下半场。"

夏大桦说："江薇，我们冷静一下，好吗？"

江薇说："我们不冷静吗？我现在不需要冷静，爱情的球场上变幻莫测。你知道，我有多爱你……我知道你在这个家里的分量。你离开他们，未尝不是一种幸福。"

夏大桦说："来世吧，今生太难……"

江薇说："薄伽丘不是说过，没有来世，幸福就在身边吗？"江薇说着，往夏大桦身上一靠，闭上眼说，"现世享受，才是真正的幸福。你不知道，离开你，我就会死。"

夏大桦站了起来说："别，你千万别，这样很危险的。我们出去说好吗？"

正在这时，一阵沙沙的拖鞋响，里间的卧室门吱呀一下开了，房琚蓬头出现，甚至，她只穿了内衣内裤。房琚打开母亲和孩子的卧室看了看，关上门，走进客厅，看到江薇，愣了一下，说："这……"

夏大桦忙介绍说："这是小桦他们江老师，这是我夫人房琚。房琚，你不是说要去谢谢江老师吗？人家主动上门来，说小桦的事。"

房琚连忙回卧室穿衣服回来，说："对不起，对不起，睡得正酣，听到外面闹麻麻的，还以为老人有啥事。"

房琚连忙叫夏大桦给江薇倒茶、削苹果："这么尊贵的客人来，你连水都不给一点。"房琚又说："都这么晚了，孩子的事，让你费心，是不是他这周有什么……"江薇笑着，说："没有，夏小桦不错的，是个好孩子，学习上不用操心的……我来，主要是想和小桦的爸爸谈谈，有点事情想向他请教一下，你不介意吧！"房琚说："你说哪里话，有啥事，你只管找他就是……你们聊，我休息了，明天还有一个大手术要做。"

房琚说着："回屋里睡去了。"

江薇朝夏大桦挤了一下眼睛，笑："你看，你夫人都让我只管找你，你紧张啥？你躲啥？"

夏大桦提得很高的心落了下来，好险！这江薇，都让情给迷住了，疯了。他领着江薇走出家门。已是早春，还冷，江薇伸出手，紧紧挽住他。还好，这样深的夜，街上只有他俩这样的夜猫子。昏黄的灯，像是老人不管事的眼睛，茫然地看着他们。夏大桦就放心地搂着江薇，在橘黄色的灯光下慢慢走着。

到了江薇的楼下，江薇却不上去。夏大桦说："你不累吗？你还不睡吗？"江薇说："我怎么就累了？我为什么要睡？早死三年，要睡多少呀？在爱面前，知道了疲倦，就全完了，我还没有到那一步。"夏大桦咬咬牙说："我也不累，我现在亢奋着呢，我现在就想搞你！"江薇说："我就知道夏大桦是个永不倒下的男人。"夏大桦一弯腰将她抱起,就往楼上走。江薇说:"别,别……"夏大桦一边走,一边说:"别什么?我现在就要你。"

江薇挣脱夏大桦说:"那屋里有监控器。"

九

事实上,房琚还真的没有把夏大桦的事当回事。在她的世界里,夏大桦的那个篮球,充其量只是一个玩具,而妇产科和房子才是这个世界的核心。夏大桦那样玩物,白天黑夜的,就是以球为中心,每打输一次,就会坐在座位上想上半天。研究他打球的战术,想出一个点子,就会欣喜若狂,约上几个人就往球场上奔,真的太丧志了。她当年之所以找了夏大桦,是因为她觉得夏大桦为人憨直,强壮而果断,而当生活进入了实质后,她觉得母亲和家人是第一位的,她觉得柴米油盐是第一位的。房琚出生在乡下,父亲是个乡政府的老工人,十多年前就去世了,她所受的教育十分传统,以家为重,以孝为重。她的性格刚强,一直就像是一个男孩子,一家人从没有把她当作一个女孩子来看。她本来是想去当兵的,但学习太好,升学时就考省医学院。从来她都是以自我为中心的,她觉得每走一步,自己都好像没有错,自己的思路都很清晰。自己当了医生,可自己的两个哥哥却没有读出书来,没有工作,就做生意。两个哥哥结了婚,都有了孩子,她觉得孩子出生在一个生意家庭,是很不幸的,孩子的教育会受到很大的影响。于是,在两个哥哥并不情愿的情况下,在夏大桦很勉强的情况下,她不顾一切,将俩侄儿领来和自己住在一起。她觉得当年自己之所以有一个工作,和父母付出分不开,也和两个哥哥的帮助分不开。要是当年,两个哥哥不支持她读书,她也不至于有今天。她要通过自己的努力，营造一个不断上进的家，一个有包容性的家，一个有群体性的家。她要求夏大桦，有时是命令，让他上下班时接送她，让他洗衣服，让他领孩子在早上十点钟晒太阳，然后教孩子画画、滑冰、剪纸、珠算、游泳……两个侄儿要大一些，夏大桦可以少管，但必要的事情还得做。比如两个顽皮的孩子，会不会和别人打架，会不会又进网吧，会不会逃课去城外的河里游泳……有时走在路上，有时正给病人检查着身体，突然一个想法跳进了她的脑海，她就会拿起电话："大桦，你给我……"

在家事方面，夏大桦心里不是很愉快，但另一个方面他却很欢乐。每天练练球，对着办公室楼下的冷水管擦擦身子，弄出点声音，让办公室里的人都看到他来过，就可以走了。夏大桦尽量把时间留给自己，研究研究篮球战术，领领孩子。所以能不回家他就尽量不回家，能晚回家他就尽量晚回家。自从和江薇有了那回事，夏大桦觉得自己充实了，自己变了，他变得豁达而自信，变得更加开朗而随和。因为他拥有了美好的东西，他得到了释放与表达。这和篮球赛异曲同工，一刚一柔，一阳一阴，一外一内，一进一退，一明一暗，相辅相成，相得益彰，多好啊！

他忘记了过去的那些不快。他很少去领导办公室。即使开会，能请假的时候就请假，能表明自己在外打球就表明自己在外打球，反正好多会跟自己都无关，反正即使跟自己有关，能不做就不做，能少做就少做。他不想见那些领导，他也不想见那个帮助过他的段主任，更不想见他帮助过的查颖。自那件事情发生后，查颖在单位上渐露锋芒。常常跟着局长出差、开会、调研、吃饭、休闲。夏大桦觉得他们刺眼，他们也觉得有夏大桦在会不舒服。

一天，夏大桦打球回来，在院子里洗脸，却见本地电视台的记者在采访局长，好像是让他谈谈对下岗工人帮扶的情况，同时还兼及本单位内部的人性化管理。查颖跑前跑后，给局长拉衣领、拿稿子、摆座位、移话筒，甚至局长的口型，是否用普通话，额前的头发是否再低一点（虽然局长头有点秃）他都顾及到了……查颖的服务很到位，很熨帖，尽管局长这个时候很像一只木偶，任由查颖摆弄。但从局长的面色上来看，他是很受用的。

冬天来了，办公室里给每位职工发取暖费。查颖通知了夏大桦三次，夏大桦还是懒得去领。会计不好做账，查颖只好厚着脸给他打电话，说对不起夏哥，我知道你很忙，但还是要麻烦你一下，请你上来领一下，因为今天下午会计就要结账。夏大桦懒洋洋地上去，尽量笑着。四目相对，查颖很快将目光移开，声音低了好多，还连忙给他倒茶。夏大桦想，你心里没有鬼才怪。查颖给泡好的那杯茶，他都懒得碰一下。

至于局长，那次选举之后，却从没有找夏大桦谈过一次。曾经有两次他们有单独相处的机会，夏大桦以为局长会说什么，但他最终还是一句相关的话也没有说。这件事情在局里甚至市里的体育界，其实并不是件小事。局长那种事必躬亲的人，将这样的事情都忘记了，大约是不可能的事。不过，夏大桦知道，局长现在不需要他了。听说，局长现在是想当政协副主席。局长工作经验丰富，多岗位锻炼，政绩突出，但年纪也不小了，头谢顶厉害。要想在市委或者政府任职，可能性不大，他也知趣，弄个政协副职，慢慢泊岸，也不失为一条耀眼的政道。明年就要换届，现在，本地的报纸、电台、电视台常常有关于民政局的报道，可见局长的用心良苦。

还有段主任。段主任其实为人很好，求贤若渴，早年帮助过的人，其实并不止夏大桦一个。他在新城体育界，在市民政局都有很好的口碑。即便那件事发生后，有人就分析说，这不是明摆着的吗？我们新城，要是市长选不上，难道和市委书记就没有关系吗？而段主任好几次见到他，都懒懒地伸了一下腰，呵口气，说："最近失眠，烦死人了。"

夏大桦暗自发笑。

十

天底下的偷情都不可能永恒，这是夏大桦和江薇都明白的道理。盛筵难再，说的是一种欢乐的暂时。江薇和夏大桦的这一段情，如火如荼，叫人终生难忘。江薇并不是一个满足于现状的人，每一次躺在一起，江薇都要说："大桦，我们结婚吧！"夏大桦说："我们不是结了吗？天天胜新婚，不是吗？"江薇说："我要我俩永远在一起。"夏大桦说："我何尝不想，你的每一个部分都永远只属于我一个人，可是……"江薇说："可是？可是什么？"夏大桦说："我不想让你的那个家四分五裂。"江薇眼圈一红，说："家？我那算是什么家？你难道不知道？你怕是不想让你那个家四分五裂！"夏大桦说："是呀，你下决心了？可我还在世俗的圈里逃不出来。你不知道，当年，房琚对我爹那种好……"

事实上，江薇也并不是完全下了决心。人类本身就有很多不平衡。夏大桦虽然是个好人，但作为丈夫，江薇并不是仅仅要求他是个好人。夏大桦在江薇生活里出现，是因为江薇空虚，是因为江薇需要。江薇从大巴山深处走出来，说宽远一点，是要实现自己的理想；说准确一点，是要寻找一种幸福的生活。当年还在乡下，刚上初中的时候，村里的一群小姐妹在一起，谈理想，谈未来，谈嫁什么样的人和做什么样的工作的时候，大家都不约而同地谈到要一个幸福的家，要过一种幸福的生活，至于嫁的嘛，当然是要嫁给自己心中的白马王子。那白马王子是什么样子，那就各有各的标准了。有的要人高体壮，有的要温柔体贴，有的要商海名流，有的要政界要员，有的则要一个像村头小学的那个李老师，一个笑脸，春风永远，不大声呵斥人，也从不得罪谁。而走到现在，江薇知道了，她心目中的那一个，永远也找不到。梅先笙有的优点，夏大桦没有。夏大桦有的长处，梅先笙没有。人就是这样，在很多地方，其实是不能取长补短也不能合二为一的。梅先笙让她满足了找一个知识分子的欲望，而夏大桦却在性上给了她无限的快乐。当她在婚姻上出现问题的时候，夏大桦一段时期填补了她的空虚，但夏大桦却不能给她一生的满足。

她原来想要的家，不要宽大，但要温馨；不要有钱，但求宁静；不要显赫，但求恩爱。可事实上，她的那个家，早已是冷冰冰的了。梅先笙出了国，那宽大的房子，像是一个空空的世界，空的窗，空的客厅，空的书房，空的大床，几天甚至几十天，除了江薇自己，没有一个人走进去。偶尔，梅先笙的父母也会过来一下，但也只是装腔作势地看一看，那个房地产商的胸怀和他包里的钱成反比。她曾经在寂寞的时候，把学校里的老师们约到家里，打麻将，过生日，看整夜的碟子。但第二天，最多是第三天，有时甚至是客人还没有走，梅先笙的父母就出现了。他们委婉却又明白地告诉她要注意，不要让一些不该来的人来。江薇做出小小的否认或者辩解，梅先笙的母亲就说出其中一些细节。想了很久，她才一下子明白，这个装修豪华的家里，其实还在很多地方装有摄像头。难怪！一想到这里，江薇觉得自己晚上一个人钻进被窝里时，在别人的眼里也是赤裸裸毫无遮拦。那次夏大桦的出现，也只是在那个家里一闪即逝，没有引起他们太多的注意。

夏大桦不可能跟她了，怎么办？夏大桦甚至还连续两次拒绝了她的约会，那理由居然是要跟着房琚上街选取窗帘、买餐桌、拖鞋和垃圾桶。既然那些事都比她的约会重要，那他俩又还有在一起的必要吗？其实，在江薇的生活中，想和她套近乎，说准确点，想暂时或者长久地拥有江薇和她的一切的人大有人在。常常有人请她吃饭，约她周末出去野炊，到距城五公里的天然露天温泉游泳……可是，已经有了夏大桦，其他的人的种种表现对于她来说，就显得不重要和相当滑稽。

而现在，她觉得自己才是世界上最滑稽的人。

曾经一段时期，只要不出远门，江薇的电脑都开着，QQ 也是开着的。只要有空，她都会主动和梅先笙聊上两句。她要求梅先笙打开视频，从那里，她可以看到远距数万公里梅先笙的部分情况。至少，从他的眼神，从他的面部表情上可以看出个大概。

现在，江薇又打开了电脑，打开了 QQ。

梅先笙出现。

几个月不见，梅先笙眼神有些疲惫，面色灰黄。一问，果然，梅先笙那边发生了一些事情。

梅先笙："我找你好久，你都不理我，怎么了？"

江薇："你还记得我呀？"

梅先笙："我有些对不起你，可是，现在我想通了……"

江薇："你想通什么了？"

梅先笙："那个美国女人离开我了。"

江薇："那关我什么事？你空虚了？"

梅先笙："我们是夫妻。"

江薇:"名分上好像是,但……"

梅先笙:"对不起,我想请你原谅……"

最近几天,梅先笙的父母跑这边有点勤,给江薇又是送吃的,又是买穿的,不好不孬的首饰送了一大袋。有时做好饭把她叫过去吃,还见缝插针地替儿子说了些道歉的话,还要江薇调整一下时间过去加州。机票由他们订。

原来是这么回事。

##

这段时间以来,夏大桦忙死了。一是市里组织了一个大型的篮球赛,局长亲自找到夏大桦,推荐他作为市篮球队的主力队员去参赛,他就只能去了,在队里进行强有力的后期训练;二是房子装修到了关键时候,墙上的乳胶漆、门柜上的漆,玻璃、拉手、合页、螺钉……太多太琐碎的东西要选要买,弄得房琚也很烦,她干脆下了一道命令:夏大桦,这些男人的事,就全部交给你了,你别窝在后面,整天电话也打不通。夏大桦说:"我要打球……"房琚说:"啥子球,太烦人了,那球可以当衣穿饭吃吗?"夏大桦说:"我的职业就是……重要的是,这是市里安排的。"房琚说:"你还打球,你和那帮人都打出了那档子污浊事了……你要打球也是上班时候,下班总可以吧!"房琚说得没错,作为一个丈夫,他近些时日是有些少管家务。话往死里说,夏大桦只好接受了这项任务,整天便忙得天昏地暗,苦不堪言。

房子装修接近尾声,球赛已经结束。这次夏大桦表现并不好,几次篮球在手,都意外失利。三次给人夺走,四次投篮不准,甚至有一次连篮板都没有沾。夏大桦所在球队就意外地输给了一个不太起眼的企业，这在夏大桦的篮球生涯中是从没有过的低谷。

"人生就是痛苦和无聊。"夏大桦想起了叔本华的那句名言，他想，我也是那只钟摆呀，摆过去是痛苦，摆过来是无聊。他甚至恶毒地想，肉体和欲望是拯救灵魂的最大障碍，自己是不是该告别球坛了。

新家里开始打扫卫生，那些装修后留下的各种材料的混合气味在洞开的门窗中流得很快。明天，房琚提前订好的家具就会搬进来。他们将选择一个吉祥的日子，举行一个简单的仪式，然后告别那个只有四十多平方米却有六人居住的被儿子称之为乳房的小屋，开始一种新的生活。无事可做，他才想起，这场球赛缺少了一个十分重要的观众，那个人就是江薇。那个满脸粉红，一激动就胸部乱颤的大乳房少妇，那个和他恩爱有加、透心透骨的女人。连续的五场球赛，她都没有出现，甚至很久了，他们都没有见面。她还好吗？看来，炽热之爱还是他精神世界的唯一支柱。

夏大桦快速奔到阳光假日酒店开了十楼的标间。刚进电梯，他就开始给江薇发信息："想死你了，我在1208号房，快来！"

因为忙，他不小心按到群发键。不一会儿，一个女队员发来："队长，今天不行，大姨妈来了！你没有见我今早的篮球都打得不爽吗？"查颖："夏哥，怎么你是个同志呀？！我们一起工作了这几年，还不知道呢？"局长："小夏，你发错了吧？家庭生活不幸福呀？可你也不能这样！改天我找你谈谈。"夏大桦无限懊恼，正为信息发错而不知所措，手机却突然响起，是房琚。房琚在那头说："夏大桦，花那冤枉钱干吗？回来！我们不是有新房了吗！"

只有江薇没有回信息。江薇连他的信息也没有接到，甚至不可能再接到了。因为江薇这个时候正坐上飞往美国加州的航班，她双手抱在胸前，丰满的双乳就给严严实实地收藏住了。她闭上的双眼，正慢慢掉下两滴清泪。她的手机已经关机，手机卡已在候机时给取出，扔在座位旁边的一个垃圾箱里，今生不打算再用。

会到尽头

一

虽然天还很黑，四下里还是最为宁静的时候，但老冯明显地感到有一种亮光，从头顶上破开，照了下来。这光照得自己通体透明，照得自己热血沸腾，照得自己神采奕奕。老冯很奇怪地看到了自己的五脏六腑，看到自己鲜红的血液在体内山泉一样的吟唱，溪流一样的奔涌。老冯就很兴奋，就知道自己还年轻，还能做事。他曲了一下手臂，关节处还能吱吱嘎嘎地响上几声，肌肉还能在手臂上微微隆起。这样，老冯就醒来了。老冯醒过来的第一眼，就看到那只真皮公文包精精神神地躺在床头柜上。

老冯打了一个隔夜的馊嗝儿，握紧拳头使劲地伸脚，不料却将软软的席梦思弄响了。不小心将睡在旁边的老伴踢了一下，老伴迷迷糊糊地说："你干什么呀你，这么早你发什么疯！"

老冯自从做了单位的调研员以来，因为没有多少具体的工作要做，因为可以不再按时上班签到，对自我的约束就没有了。这样，老冯每天就起得很晚，脸不洗，牙不刷，衣不整齐，就坐在客厅里的沙发上读昨天的报纸，抽闷烟，咯痰，弄得一屋子里乱糟糟的、烟雾腾腾的。老冯的内心，像是有说不出的苦处和解不开的疙瘩，一摞一摞地塞在喉管深处。但今天早上老冯起来后却不再抽闷烟了，而是尽快地漱口、洗脸、修胡子、穿衣服，还往脸上抹了点男士护脸霜。很多工作是昨天晚上就准备好了的，比如衣服，比如领带。皮鞋也是早就擦好的，一尘不染地躺在鞋架的醒目处。还有就是陪伴了老冯几十年的那只真皮公文包，老冯也把它找出来，用细棉布抹了灰，再上了油，将有"全国高级人事管理研讨会纪念，国家人事部"字样的那一面调了过来，摆在客厅茶几上最醒目的地方。他怕自己早起的时候慌张，会把它忘记，又将它放在床头柜上。

老冯这皮包虽然已经被使用了很长时间，饱经了很多风霜，遇了很多磨砺，原来坚硬的轮廓变得软软的，原来整洁的形象有些邋遢，躺在桌上如一只猪尿脬，不精神，不青春，让人一看便会无限地丧气。但老冯往里面塞进一个笔记本、一支钢笔、一包烟、一个眼镜盒、一包纸巾后，那公文包终于还是鼓了起来，像是瘪轮胎给充了气，像是忧伤的人解决了心病。

老冯没有和老伴拌嘴，而是有条不紊地打理自己。自从不任实职以来，老冯讲话很少，嘴里就难受得要命，干、苦不说，最近几天还起了溃疡。老伴煮过青菜汤喝了几次不起作用，吃消炎片效果也不明显。但老冯还是往嘴里丢了颗西瓜霜润喉片。老冯持续的响动让老伴彻底地醒了。老伴好像是做了个噩梦，打皱的脸上汗滴晶莹，疲软的胸脯快速地起伏，这让老冯想起了年轻时候的事。年轻的时候，妻子的这种状态，是那样的让人心旌摇动，那样的摄人心魄，但现在不行了，现在老冯早就没有这样的心思，老冯的兴趣早发生了转移。老伴一边喘着气，一边说："你干吗呀你？"老冯说："开会了，我昨天晚上不是给你说过的吗？……终于要开会了，一个十分重要的会。"老伴哈了一口气，再伸了个懒腰，说："什么大不了的事，我以为你发少年狂，又遇上了啥子小妖精。""什么妖精不妖精的，开会呀，多庄重的事让你给说得一塌糊涂！太不像话！"老伴来劲了："什么不像话，有些人才不像话！昨天我在晚报上看到的，有些领导，跟老婆说去单位开会，其实是去找女人，啥子会？约会！幽会！他那是开什么会？简直没有羞耻！"老冯说："你说到哪里去了，你看的是笑话，是奇闻逸事。报社里养着的那些人，整天没事做，就整这些毫无道理的花边逸事来博人一笑，赚点小钱。"老伴一把揪住他的领带，老伴和他要横就经常揪他的领带。老伴说："谁无道理？你说谁无道理，这个世界上谁还有道理？我都已经退休的人了，黄泥巴都埋到脖颈子了，我还有什么道理！我只是担心你，六十快翻坡的人，还和别人乱啥子？我怕你死在会上回不了家！想不到你好心当成狗心肝！"

老冯一边佝偻着身子去将就她，以缓解她手里的用力，一边去掰她的手："你放开行不行，你放开行不行，你把我的领带都弄皱了，我怎么见人！"老伴说："不就是开会吗？也轮到你这样的讲究！你这一生，对开会就是这样着迷！"老冯说："会议是研究、决策大事必不可少的形式……"老伴就说："研究什么大事，研究屁的事！"老冯忍不住了，说："你别忘恩负义，你也曾经是个机关干部，你应该清楚，如果没有会议这样一种形式，你会有今天吗？"老伴本来已经松开的手，又一下子举了过来："会议会议，你看你那样子，你看你那样子，开了这么多会，开了一身的病。坐骨神经痛不说，还有骨质增生，有风湿，有高血压，真的是癞蛤蟆给牛踩着，全身都是坏的……"老冯说："不管你怎么说，这会一定是要开的。"老伴说："你开什么会，你要说清楚你开什么会，看你那固执的样子，是不是又去商量什么害人的事了！"老冯说："我害什么人了？我什么时候害过人了?"老伴说:"你们这样的所谓的领导,每遇上一件事,都说要研究研究,其实是烟酒烟酒,商量完,有饭局,还有洗脚城、桑拿池候着,想要什么就有什么……"老冯说:"你更年期都早过了,你闹什么呀你闹!"老伴说:"你们这样的人,还能干什么?你说,你开什么会,你去开的到底是什么会?"老伴越说越激动,"你开会,你开会就是去勾引人家的小婆娘,就是去和那个烂尸裹在一起!你那是开什么会,你说,你今天说清楚!"

　　老冯的痛处给老婆狠狠地戳了一下,不敢答话了。但是,开什么会呀?老伴一连串的发问后,老冯拍了拍脑袋,还真的想不起来今天自己要参加的是一个什么样的会。老冯说不清的时候,就一句话也不说。这是老冯处理家庭内务的一种法则。不说话,一般会让很多麻烦在沉默中灭亡。不说话,就像鸡蛋没有缝,蚊蝇就找不到入口。老冯常常为自己在一些即将爆发战争的关键时刻,用不说话的方式解决家庭战火而感到满意。

　　老冯不说话,老伴还是不饶。老伴越想越生气,一把抓过那只真皮公文包,往地上摔去。老冯连忙去拦,但由于用力过猛,将老伴一下摔倒在地。老伴一下子哭了起来,说:"你打人,你打人,老娘让你打!"老伴一边哭一边去撕老冯的衣服,老冯在这个时候有些不知所措,说:"你别你别……"话还没有说完,脸上已给老伴狠狠抓了两把,火辣辣的,生疼。伸手一摸,手上已经见血。老冯生气了,一把将老伴推了个四仰八叉。老伴更加生气,抓起水杯砸他,抓起烟灰缸砸他,将屋里搬得动的东西都抬起来砸他。老冯让开,奔到卫生间的镜子前一看,左脸上已经留下了两个深深的血痕。老冯连忙用清水洗了,用点卫生棉球按住,坐在书房里半天不动。

二

老伴有老伴的脾气，而老冯则有老冯的性格。

老伴去年退休，原本是在一个行政单位当出纳，掌握着单位的命脉。就是主要领导，也时时要对她客气着，做什么事都要和她"商量商量"。如果有非正常开支，更要在她的面前低三下四，轻言细语。而老伴呢，高傲着呢，气质着哩，从来不卑不亢，很是让一些人尊敬和畏惧。老伴年龄一过五十，就有了些想法，时常拿要退休威胁领导，稍不满意就装腔作势，甚至拍桌子甩账本，以为离开自己，单位就难以运转。领导也时时拿话哄她，忽悠她，以保单位的稳定。领导说："你小声点儿好不好，你千万别离开，你要是离开这个单位，我们到哪里去找你这种懂业务、能持家的好内务？"真正到退的时候，在领导连连的惋惜声中，老伴硬着心肠撑着面子办手续，一甩手就回到家了。那几天，老伴逢人就说："这下好了，这下走出牢笼了。"于是，该抹的窗子她认真地抹，该洗的被褥她彻底地洗，该逛的商场也逐个儿逛，该找的老朋友逐一找了，该说的话全都搜出来说得一干二净。不到半个月，便没事可做，便有了些寂寞，便有了些惆怅。整天漫长的时光中，没有人来赔笑脸，说笑话，只要不出门，家里连电话都没有一个，好像住进了万古洪荒的可可西里无人区。几次伸出头去看天上的太阳，那太阳却就像是某些单位的领导，将年龄一次又一次地涂改，不肯离岗。孤清的日子让老伴很是失望，很是不满，原来意料中充实的退休生活却无影无形。更有甚者，在街上远远地看到原来单位上对她点头哈腰、一脸恭敬的同事，走近了人家却扭开脸，看都不看她一眼。她偶尔去单位办点手续，领一点过年过节的福利，也没有谁会让她坐，和她套近乎。新来的出纳从前根本就没有见过面，对她的左盘右问显得很不耐烦。她失望，她泪流满面，经常对着老冯说世风日下，今不如昔，退了休真的就没人管没人理了。还给老冯脸色看，好像发生在她身上的种种不幸，都是老冯一手造成的。老冯就劝她，老冯以一个领导干部的姿态但又十分诚恳地和她谈心，和她交流，劝慰她，要她想开一点。人生嘛，是一种轮回，就像是太阳，有初升时候的温暖，有正午时候的酷烈，也有西下时的苍凉，这是客观规律，谁也逃不过的。人嘛，生下来就注定会有这么一天的……

可过不了多久，组织上找老冯谈了一次话，老冯就从单位的副职上退了下来，任本单位的调研员。老冯从繁忙的工作中淡了下来，一时也觉得十分清爽，但不久他发觉一个问题：局里开班子会没有他，外出接待没有他，每月发的领导岗位津贴没有他，一下子就不适应了。别人和他说话，也就是拿鼻子吹吹就完了。他整天拿香烟出气，一支还没有燃烬，另一支已抽出烟盒来了。老冯就像是20世纪五六十年代燃柴油的拖拉机，走到哪里，哪里就笼罩着一层黑烟，让家属区门口小卖部的那个老头一阵子的高兴。老伴奚落他，说你虽然没有退，但至少可以算是副退。老冯听不明白，问她什么叫作副退。她说："你的工作从实管到了虚管，该上的班还得上，该做的事还要做，就是没有实权了，说话没有人听了，这不叫副退叫什么？"老伴的理论，弄得老冯哭笑不得。

脸上的伤口一阵比一阵疼。老冯想了好一阵，还是不知道自己要参加的是一个什么样的会。但不管是什么会，他都必须参加。但是，这个样子去参加会议，岂不让人笑话？他想，要不然就不开了，管他什么会，等下次再去。可他一盘算，他再有两个月就满退休年龄了，照这样下去，怕一次会也开不成了。这样一想，觉得今天无论如何也要去开，哪怕只是个茶话会，哪怕只是个座谈会，哪怕自己没有决策权，只是列席而已。

老冯三步并作两步，穿过满地狼藉的客厅。老伴还坐在沙发上哭泣。他懒得理她，女人呀，不仅仅是头发长见识短的问题，关键时候还会坏事。

老冯下了楼，侧着脸快步走过大门，打了一辆的士，到了附近一家最好的皮肤科医院。他对医生说："给我上一个纱布，要小，要薄，尽量不起眼。"

纱布上好了，他对着镜子看了看，说："太显眼了。你们也太不负责了。"医生说："你的伤口很长，我们只能做到这一步了。"老冯说："可是，这样白，让人老远就看得到的。"医生说："这纱布都是白的，肤色的那种纱布没有了，但这是在脸上，什么颜色都藏不住的。"老冯说："怎么搞的？你们医院就是这个服务态度？"这样一嚷，围观的人多了起来。

听到吵嚷，办公室里来了个中年的女医生，像是个领导的："说，怎么了？"

老冯把情况讲了，那女医生说："对不起，我们也只有这点办法，要不然，你明天来，我们的肤色纱布就到了。"

老冯说："你们的服务，我找你们的领导……"

那女医生笑了，说："谢谢你，那样最好，我们已经反映了三天，我们最需要的药还是没有下来，别说这点纱布了。"

老冯伸去摘纱布的手，又垂了下来："算了算了，你们这样，以后谁来……"

旁边看热闹的人说："这里主要是看性病，你这伤，他们赚不了多少钱的。"

老冯悻悻地出了医院。

迎着街上的橱窗看了两次，脸上的纱布并不像在医院里那样难看，因为上了药，伤口也好像不疼了。老冯心里平静了下来。

老冯还不想回家，一想到老伴那个样子他就烦。沿街走了一段路，他进了一家早点铺，要了一碗米线，再卧个鸡蛋，并嘱咐服务的小姑娘不要放酱油、生姜等对皮肤有影响的作料。这家的生意很好，来来往往的人群，此起彼伏喝米线的声音，很生活化的。老冯想，当个百姓多好。退下来后，一定好好当个普通人，种种花，散散步，外出玩玩。

米线端上来后，却不是老冯说的那种，酱油还有，姜末、葱白也很均匀地洒在表层。要是平日，老冯高兴还来不及，可现在不行，老冯吃了这些，脸上以后就会凭空长出一块黑印，或者生出一团姜疙瘩，那怎么见人！老冯叫道："老板！老板！"老板正在那里收钱，忙不过来，说："来了，来了。"总不见来，老冯生气了，说："你们怎么搞的！你们是怎么服务的！"弄得整个小叫店里的食客都往这边看。老板连忙跑过来，对着碗一看说："怎么呀，我还以为里面有了苍蝇，有了不卫生。"老冯说他特意交代过里面不要这些作料的。老板娘说："伙计，给他换一碗！不就贴一碗米线吗！这点小事，也值得大惊小怪！"

家里受气不说，上个纱布要受气，吃碗米线还要受气。要是在以前，这样的事根本就不会发生，对外涉及的衣食住行等，全都由办公室的或者司机给解决了。现在居然会是这个样子。老冯不想吃了，走出小食店，专找僻静的地方去。绕来绕去，又回到医院门口的广场一角，那里有两个石凳，他找了一个路口边的坐下。那个石凳更宽大，更平展，而且向阳，他微微低下头，早上的太阳很温暖地照在他渐渐稀疏的头顶上。

老冯一坐下就开始想今天的会。他对会议的准确时间还是想了起来了，今天的会应该是在下午两点半而不是上午八点半。还好还好，幸亏是下午，要不然就误事了。办公室先通知的是上午八点半，后来又说某某领导有另一个特殊会议，所以时间改在当天的下午两点半。作为一个主要领导，在开会的时间上发生冲突，是常有的事。老冯理解，以前他也常常遇到这样的事，要么只参加重要的会，要么胳窝里夹一个包，一个会场一个会场地转。老冯想清楚会要下午才开，便长长地松了一口气，紧张的心情松弛了下来，掏出一支烟，大口大口地吸了起来。

老冯前些年来的工作，基本上是原地踏步。虽然有些小小的进步，比如是年终评个优秀，某项工作中得到市里的表彰，某篇论文在行业刊物上得以发表，但他的副处级却是在参加工作二十年后才上去的。那一次情况特殊，天赐良机。局里的一位副职年龄已到，即将退休。另一位副职去另一个市开扶贫工作会，不小心会就开到了歌舞厅的包厢里，正好当地派出所查流动人口，把他给查了出来。查出来也罢，缴点罚款也就了事，但他偏不，和派出所的人争执，先是让那些人拿出证件，后又说他还没有解开裤腰带，说他还没有开钱，构不成事实，还构不成嫖娼，派出所没有资格处理他。这样一来，吃亏的就是他，他的情况第二天早上九点就传真到市公安局和市委领导那里，并要求市里派人去。当然，这样的下场便可想而知。一个单位两个副职空缺，这的确很重要。组织部和纪委上门开了几次会，搞了一次测评。作为办公室主任的老冯得票最高，群众反映下来，他的工作最踏实，责任心最强，办事效率最高，不说人长道人短，不夸夸其谈，不上推下滑，特别是对各种档次会议的筹备、各种材料的撰写又十分内行。主要领导说："既然一个单位要同时换两位副职，外面派来是对的，但同时也需要本单位的对工作最熟悉的人，工作才能运行。"这样，他的职务上的升迁就给提到了议事日程上来，很快就得到了任命。但那一次晋升过后，他就再也没有得到过晋升的机会。上副处的那两年里，老冯想着未来从政的道路如日中天，也曾雄心勃勃，也曾壮志凌云，踏踏实实地工作、开会。但随着日子的一天天过去，组织部门每两年考察一次，每次考察之前没有什么迹象，考察之中也不曾见有任何暗示，考察之后当然没有提升。不走不送，原地不动。老冯也曾趁工作之机，请一些他可以联系的领导吃吃饭，跳跳舞，洗洗脚，按按背，机会适合的时候，还给他们付一点特殊的小费。但提拔的迹象还是没有，日复一日的没有，天长地久的没有。老冯就失望，就叹气，就无奈。

老冯顺着街边走。他不想回家了，他想等时间差不多了，就直接去开会的地方。

等待一件事的到来那种时光是难耐的，是漫长的。老冯自从做了调研员以后，工作任务少了，活动少了，会议也少了。人一下子从紧张的生活中脱了出来，整日里无事可做，倒是寂寞的，倒是痛苦的。原来嫌时间不够，可现在时间却难以打发。老冯就想在位时的一言九鼎和八面威风，想在会上一板一拍地安排工作的情形，想不管走到哪，后面都有一批人跟着，吃饭有人争着付钱，住宾馆有人提前就去签单，想着一些不明不白却又合情合理的收入，还有很多平日里做梦都没有想过的美好生活。他就想开会。开小一点的会，三五人均可，三言两语，就可以决定数人的升迁，就可以决定某人一生的命运，就可以把握几十万元甚至上百万元资金的流向。开大会呢，大会更多的是宣传，是给别人看的，其实要做的事，早就决定了。开大会的时候，那是一种怎样的场面呀，台下成百上千人整整齐齐地坐着，聚精会神地看台上的一举一动，听会议发言人气吞山河的安排部署。台上的领导鲜花簇拥，背景华丽，举手投足间，都有一言九鼎的样。不管发言长短，不管发言好坏，下面都要拍巴掌，表决时都举手同意。仔细想来，能在主席台上就座的人并不多，能在上面发言的就更少，其实并不是大家不想坐那个位置，并不是很多人没有水平坐在那个位置上，关键是你要有那个位置，要有那个级别。其实开会是级别的体现，是待遇的象征。一个人要是不开会，那是多么无聊的生活！老冯在这样一个时候，终于明白老伴每天等待天黑、渴望睡眠的那种心情了。

突然，老冯站住了，往头上拍了一下，不料却拍到脸上，拍到了老伴给他抓出来的伤处。他咧了一下嘴，吸了口凉气，看看表，时间还来得及，就连忙打了一辆的士，往家里奔去。

三

老冯差点忘记了，今天下午开会，那个真皮公文包是要用的。

上了楼，门像往常一样关着，静静地，没有什么异常。他用钥匙打开门，满地的狼藉不在了，地上打扫得干干净净，烟灰缸是新置的，茶几上的花也是从阳台上端进来的，鼻子里还涌进了一股清新的香味，是喷了空气清新剂呢！

老伴坐在沙发上，一脸的忧伤，看到他来，一下子站了起来，走到他面前，双手挂住他的脖子，像是年轻的时候一样，望着他说，对不起。

老冯有些不耐烦，女人都是这样。但他还是抬起手，轻轻地弄了一下她的头发。

老伴说："别生气了，我们都老了，我也不是故意的……"

"别这样，你休息，我得准备一下。"老冯说。

老伴说："还疼吗？"

老冯不置可否，说："算了，都过去了。"

进了书房，老冯一眼看到，那只公文包还在，往常一样静静地躺在他的书桌的右上角，他坐在老板椅上，伸手就可以拿到的地方。那公文包上的污渍不见了，干干净净，还呈现出一种高贵的光泽。老伴已经给他擦过了。他心头一热，回过头看去，老伴已经进了厨房。

老冯走回客厅，刚在沙发上坐下，老伴已经给他端来一杯热茶，还是一脸的讨好。老冯从桌上抓起一本书来，书上的那一行行字，倒像是会场里整整齐齐的人头，他们在严格的秩序中正襟危坐，他们在烟雾缭绕中探头探脑。随便翻开哪一页，上面的字都在动，都在晃眼睛。老冯的脸上火辣辣地疼了一下。老冯打开电视，但早上的电视节目，不是跳健美操就是足球赛，不是枯燥的访谈便是令人作呕、十分做作的文艺演出。老冯最关注的是新闻，特别是新闻中的会议报道。从那里面可以知道上面的精神，可以看出各级各部门对各种会议的准备情况，甚至还可以了解到一些间接的人事安排。但电视里的会议报道一般都是在午间或者晚上，这个时候虽然有两个台在播，但那会议却是一些地方新闻，电视镜头长时间锁定在一个领导的面部上，一直播着那领导读文件的画面。老冯生气了，自言自语地说："你没有开过会吗？你没有在主席台坐过吗？你没有在电视镜头上露过相吗？你是刚上台，还是要退休了？"刚说完，老冯一下子想到自己，脸忍不住热了一下。因为热，脸上又开始疼。

退居二线之后，老冯的失落不比老伴差，整天在家里坐不是、站也不是。不像有的领导，闲下来后，除了早晚接送一下读书的孙子，然后拉一只穿了衣服的狗，把时光滞留在步行街或者公园里。他有时冲着老伴发脾气，有时半天不说一句话。老伴生气了，数落他说："天底下就只有你一个人退休，就只有你一个人不如意，你还是个领导，还是个大丈夫，怎么就只有这点胸襟？会这样拿不起放不下！"老冯说："你这样的女人，真是头发长、见识短!"老伴说:"我怎么见识短了,我是劝你开心一点,不要让牛脚迹窝里那点积水就给你溺死!"

可是现在,突然又让他去开会,他一下子感觉到他还没有被人遗忘,他还有在会议中乃至于整个社会上存在的价值,他能不去吗?他不去就说不过去了。

坐以待会总不是事情,得有点事做做,那样时光会走得快些。老冯拾起洒水壶准备给花洒水。老冯引以为荣的是,老伴最近两年种了很多花草,茶几上,窗台前,院子里,檐墙上,到处都是,贵的贱的,高的矮的,红的绿的,长满了整个院子。这当然都归结于妻子不开会、不做与职业无关的工作。单位里的人都羡慕老冯,说老冯命好,讨了个乖媳妇,能媳妇,贤惠媳妇。老冯的日子,真的是生在花丛中,活在春光里。时是暮春,院里的樱花都谢了,但牡丹却开得越来越富贵,越来越雍容。老冯刚洒了一壶水,老伴就叫了起来:"你是要溺死它呀!"老冯一愣,说:"咋的?"老伴说:"我都浇过的,你没有看见,还是咋的?"老冯伸手捏了一下土,果然湿漉漉的,又去拿拖把过来拖地,可一看,地板连同窗户都早就被擦得纤尘不染。老冯脸色稍解,说:"哦,你都做完了,那我干什么呀?"老伴说:"你不是要开会吗?你每次开会前都要认真准备的,怎么当了调研员就变懒了?就不认真了?"

老冯就进了书房。

老冯坐在书桌前,戴上眼镜,翻了翻案头的材料。那些材料都是每个星期一次,由单位里原来自己的司机给送来的。他看过的,没有什么新的内容。现在再看,是怕会遗漏什么重要的东西。可是,看了半天,还是什么新东西也没有。他取下眼镜擦了擦,心里再一次叹息了。这些年,看会议材料,给他的视力都看下降了。想当年考了师范学校体检的时候,远远的视力表上的图形，没有一个他看不清的。看到那些书没啃几本、就戴个酒瓶底厚眼镜的同学，他的头禁不住昂起了许多。和当年的少女现在的老伴郝梅谈恋爱的时候，郝梅还说过这样一句话："你的眼睛好清澈纯净，我一眼看到底了。"当时他说："你看到里面有什么呀？"郝梅说："有一个人。"他说："谁？"她调皮地刮了一下他的鼻子，说："你看嘛。"他往她看去，立即就看到了一个明眸皓齿、满脸娇羞的女孩子。可后来，他整天泡在材料堆里，整天面对打字机，面对电脑，视力就渐渐下降，以至于常常把太字看成大字，把大院里的勤杂工老李看成政协刘副主席，就连郝梅脸上什么时候起了雀斑，他也不知道。这样，他就不得不戴眼镜了。

  现在，他还是不知道今天开这个会到底是什么内容，那天办公室里打电话来通知他，他很高兴的。可那人给他刚说完会议的时间、地点后，没容得他问清楚，就把电话挂了。他不知道那人是谁，好像之前是没有这个人的。原来办公室里的人的声音，他很熟的，就是在电话的那头咳一下，他也知道是谁。可这个人他不认识，一点都不认识，一定刚从基层调进来的吧。年轻人办事，就是毛躁，丢三落四不说，还常常不懂程序。他后来打了两次电话过去，目的是想问清楚开会的内容。两次电话分别是两个人接的，一个说自己不清楚，另一个则说是一个什么什么会。电话那边人声太杂，太大，他听不清。老冯问："要发言吗？"那人咕哝了几句。他听不清，就大声说："请问你是不是要发言？"那边只说那你准备一下吧，就挂了。放下电话后，他还是不知所以。

  看看时间，还早，他从公文包里拿出笔记本，开始拟讲话稿。

  根据以往的经验，他觉得这样的会和他熟知的工作八九不离十。结合单位工作和当前形势，从以下几个方面进行准备：第一，加强理论学习，充分认识新形势下人事工作的重要意义；第二，加强领导，健全机构，确保人事工作的健康发展；第三，把握大局，立足中心工作，全面推进我市的人事工作……老冯对这一些烂熟于心，觉得自己虽然年龄略大，但思路还是清晰的，记忆也还是可以的。他甚至还记得这样的发言，早在十多年前，他给领导写讲稿时就是这样写的。后来他当了领导，也是在原来的基础上，把涉及的时间、地点、人物、主要工作作适当的调整，就可以讲了。如果时间充足，他还可以结合当前形势，结合地方实际，脱开稿子，插上点奇闻逸事、花边新闻、顺口溜、略带黄色的笑话，就可以讲上两三个小时，照常语句不乱，声音不沙，喉咙不燥，而且能让下面的人听得津津有味，不觉就笑了。想到这些，他丢下笔，不想写了。这样的讲话，还需要讲稿呀，太小看我老冯了。

四

老伴的围裙还没有脱下，就过来叫他吃饭。他偏过头去，看了一下，餐厅的桌上摆着好几个菜，都是他平时喜欢吃的。比如虾仁、酱子鹅炖玉米、四宝鸽汤……就两人吃饭，老伴却做了这么多，这么认真，他的清口水往上涌，禁不住咽了一下。这一咽，脸上的伤又开始疼。伤一疼，他火又上来了，不知道下午怎么给参会的人解释，便又低下头看桌子上的材料。

老伴又过来，说："吃完再看嘛，啥子大不了的。"他说："我在外面吃过了。"老伴怀疑而又失望地看了看他，然后摇摇头，说了句什么就退了出去。

老冯看看表，时间差不多了，就换好衣服，打了领带，往头上打了点发胶，梳了梳头，又轻轻按了按脸上的纱布，出了门。下了楼，老冯回头看了看，无意却看见老伴也跟着出来。老冯站住，大声说："你这是要到哪里呀？"老伴不防他回身，吓了一跳，说："我，我买菜。"老冯说："你买菜，刚吃过饭你买菜？还有，你的菜篮子呢？"老伴说："我用不用菜篮子，还用你管吗？我用塑料袋，不行吗？"

老冯真的管不了，他也懒得管。老伴的事，这些年来，她自己说了算，自己没有多少发言权。他径自往前走。估计这个时间出来，坐公交车，赶到会场，时间还有十分钟。这正好，这是老冯多年以来开会的习惯。老冯对开会的时间把握得很好的。老冯以前有车坐，每天出门，都有小车在楼下候着。只要看见他下楼来，司机连忙下车将车门打开，护着他进了车，才将车门轻稳地关上。自当了调研员后，老冯出门的时间少了，工作的时间少了，单位上车又紧，那车就安排给了另一位刚上来接他位置的年轻人。单位领导也客气着，说老冯同志，您只要有什么事情，一个电话过来，我们的车再紧，也是要给你安排的。老冯对这样的安排心知肚明，但话说到这一步，他是不能说不同意见的，不能提更高要求的。这些年的机关生活，将老冯淘洗得行为规范，不事张扬，满面和善，胸襟开阔。此后，老冯出门办事，不管公事还是私事，他没有叫过一次单位的车。他坐公交车，如果时间紧，就打的士。他觉得打车方便，花不了几个钱，你要去哪儿，司机就送到哪儿。有钱在前，便没有脸色，没有情绪，没有人情可欠，这是老冯还没有退下来的时候就懂得的道理。只是偶尔会遇上熟人，他们会说，你怎么打的士了，你不是有专车的嘛。有的说话就更直接，说："这些年世态炎凉，不在那个位就没人理了。"老冯常常会掩饰说："是我没有叫，不怪他们的。"

想着要开久别的会，就像是要见久别的情人，老冯满面春风，而且脸上居然多了一点红色。老冯站在公交车的站台上，很快就给等车的人淹没了。这些人，有老有少，有男有女，有怀抱宠物的少妇，也有拖着工具包的打工者。好不容易等来一趟车，人们蜂拥而上，等老冯挤到车前，车里已经进不了人了。老冯看看表，时间已经不多了，忙退出站台，招停了一辆的士。只说了一句开会地点的名字，就不再作声。

要下车了，老冯习惯地摸了摸腋窝下的公文包，不料却摸了个空。他脸色一变，说："我的包呢？我的包呢？"的士司机说："我好像看到你上车的时候就是空着手的。"老冯回过身去，又低下头搜了一遍，还是没有，才回忆说："嗯，我出门的时候……我下楼的时候……我上车的时候……看起来是还在屋里。"老冯连忙摸出手机来往家里打，通是通，可就是没有人接。再打，还是没有人接，也不知道这老伴是到哪里去了。老冯看看表说："你送我回去，再送我回来。"

老冯像是年轻人一样说话干脆："司机你给我快一点，迟到了可不行的。"司机是个年轻人，有些调皮，说又不是去约会，急什么呀！老冯一脸的严肃，说："不是约会，是开会。开会，你知道吗？是约会可以比的吗？"司机咂了咂舌。中午正是上班高峰期，司机再快，还是逃不了堵了几次车。老冯便有些急，但再急老冯还是老冯，到了这个时候，他不说一句话，只是频频看表。这一招很灵，司机急得直骂娘。老冯反而劝他说："不急不急，安全第一。"

到了家里，果然没有人。再进书房一看，那公文包还在，悬起的心一下子就落了下来。他拿起公文包，连忙往外赶。

左冲右突，老冯终于赶到会议室，久违的感觉一下子涌上心头。不知是因为忙了还是什么的，老冯的心在跳，腿有些颤抖，手心里微微有些汗。曾经有过的开会的感觉出来了，那是一种久违的感觉，那是一种被人认可的尊严。老冯甚至眼眶都有些潮湿。他想，人哪，就是这样，不管怎样生活，总要找到支撑。

会还没有开，但会议室里已经坐了很多人。他们喝着茶，抽着烟，情态各异。站在门边，他抬头看去，按照惯例，他的座位是在主席台上的，至少是在前排靠边一点的。但今天没有设主席台。他再看前排，前排都给坐满了，没有座位了，心里便有些不舒服。他心想："自己好歹是个调研员，怎么居然弄到连个座位都没有的时候！"于是，他就朝里面举了举手，然后努力咳了一声。坐在前排中间的一位抬起头来，朝他笑笑，努了努嘴，算是打了招呼，又低头去看手中的材料。

正犹豫间，办公室小胡挤了过来，递出一把椅子，让他在前排的最左边坐下来，再给他递了一杯茶。这样，他便有了一些温暖。小胡低声说："您身体不好，我还以为您不来了呢！"老冯心里又凉了一下，想："我怎么不来？我是调研员呀，这样重要的会议，如果我不来……"不过他没有表露出来。老冯向会议室里的人头看了看，有很多他都不认识。他们的到来，他们来参加这样的会，仿佛都与他无关。那些人脸上都很麻木，一个个严肃得让人害怕。他们有的啜着水，有的低头弄着手机，有的正襟危坐，翻看着手中的材料，而有的则仰着一颗年轻的头，往左看，往右看，再往后看。老冯知道，后一种人，一定是最近才有机会参加会议的，他一定是有意仰起头，好让熟悉的人看见他，好让陌生的人记住他，这种经历老冯有过的。

居然没有人问他脸上的纱布是怎么一回事，老冯总算是舒了一口气。他抬头看去，这次会议例外的前排没有挂布标。这样老冯就还是不知道这次会议的大致内容。前排正中间位子上的那个人见老冯看他，就再一次朝他笑了笑，点点头，低头往茶杯里啜了一口茶。老冯恍惚间记起,那个主持会议的人,三十多岁的,原来在一个县的什么乡办公室搞文秘工作的。一次老冯和市人事局的一个领导下乡,参加一个基层工作经验交流会,看到那小伙子对会议程序十分熟悉,在会场里忙上忙下,忙里忙外,一会儿在调整音响的效果,一会儿请大家按职务的高低就座,一会儿又给大家端茶送水,一会儿又做讲话录音。会议开下来,还发了根据录音整理的讲话稿,效果就很好。一问,那会议上用的十多个材料全都是经过这小伙子的手的。这下,局里那位领导高兴了,让老冯把那小伙子叫了过来,问了几句话,吃过一顿饭。在回城的路上,领导让老冯对那小伙子进行详细的考察,写出推荐意见。没过多久,那小伙子就给调到市人事局来了。那小伙子也不负领导厚望,吃得苦,受得累,忍得气。早上第一个到单位上班,烧开水,打扫卫生,撰写材料,接电话,送报告,筹备会议,下班则是最后一个离开单位。小伙子没有一句怨言,没有一次犹豫,整天都笑眯眯的。后来,这小伙子就顺理成章地当上了副科长,科长,副处,这不,还不到四十岁就给提了个正处,真让人眼红。老冯在这人的奋斗史中看到了自己前半生的影子,虽然辛苦,但劳有所获。老冯也哀怨自己的后半生,如长河落日,有些悲壮,却少有余热。

　　老冯把会议看得很重。这会并不是那些少男少女花前月下的约会,不是拣拾青春的中年人的舞会,不是见不得人的婚外情间的幽会。老冯所看重的会是现场交流会、电视电话会、迎春茶话会、社会各界人士座谈会、商务洽谈会、产业研讨会、理论学习会,再有就是民主生活会、书记办公会、常委会、班子碰头会……这样的会,有的规格高、政治性强;有的层次高、原则性强;有的意义重大,参会面广。这样的会,让一些人开得红光满面、精神焕发、干劲倍增,也让一些人开得头脑发涨、眼睛发红、四肢发软。但这会还得开,而且越开越规范,越开越集中,越开档次越高,越开级别越高,越开程序越严密。老冯就是在这样的会中得到了锻炼,得到了发展,得到了进步。

老冯在会中有进步的同时,也得到了很多的实惠。多年过去,老冯的衣柜里摆满了各种档次的床单,衣架上挂满了形形色色的领带,书桌边上几十种造型各异的茶杯码得很高。各式各样的笔记本堆满整个书架,铅笔、圆珠笔、钢笔、水性笔装满了几个抽屉。尽管他已经多次将这样的笔和本子送给贫困山区的孩子,尽管他们家的孩子从读幼儿园到大学,没有买过一次笔和笔记本,他家里还堆着这么多,怎么也用不完。还有烟、酒、电磁炉、手机、电脑、取暖器,甚至钱……这些东西都躲在会后,来无踪,去无影。

五

老冯刚要将公文包放在桌子上的时候,场内响起了噼噼啪啪的掌声。老冯不知道为什么要拍,但他还是不由自主地拍了起来,而且拍得那样的认真,那样的响亮,那样的聚精会神,不小心就将手里的公文包失手掉在了地上。老冯连忙拾起,及时拭去上面的灰。这时,主持人说,今天的会议正式开始。话音未落,后面角落里就有人站了起来,举着手上的相机,举着肩上的摄像机,在整个场子里走动起来。老冯想,这个会是比较重要的,媒体都参加了,看来自己的发言,必须认真对待。他后悔早上没有坚持把稿子弄完,或许,新闻记者还会问他要稿子呢!看来还是要再打一遍腹稿才行。他这里想着,那边就开始介绍前来参加会议的领导。主持人说:"今天到会的领导有市委侯副书记。"坐在正中的一个满面红光、精神焕发的中年人欠了一下身。大家鼓掌。主持人说:"人大马副主任。"在侯副书记旁边的一个瘦瘦的、戴眼镜的站了一下。大家又鼓掌。主持人说:"政府刘副市长。"马副主任旁边的一个女同志也站了一下。主持人说:"政协杨副主席。"杨副主席正在打火点烟,听主持人介绍他,就笑着和大家点了点头,说:"我是来向大家学习的,民主协商,肝胆相照嘛。"大家笑,鼓掌。主持人不厌其烦地将参会的领导一一向大家作了介绍,参会的人不厌其烦地拍着手掌。最后,主持人提高声音说:"我还要特别向大家介绍的是,参加我们这次会议的还有:市委正处级调研员老冯同志。"老冯就站起来,向大家点头致意,还挥了挥手。老冯打的腹稿一下子被打断,但他还是非常高兴的,他的内心再次热了一下,原来的不快都在那一瞬间给烟消云散了,因为大家还是没有把他忘记。

  坐在老冯旁边的一位,是文体局的副职。见老冯回过头去看他,就给他递了支烟,打了火,然后说:"老冯,还分管以前的那一摊子吗?"老冯顿了一下,说:"没,没有。"那位副职说:"我还想找你办事呢,想不到慢了……不过,你呀,无官一身轻嘛,我现在就是,巴不得有这一天。"

  这些话难听,水多。老冯没有答白。

  会议开始了。会议经常在这样一种热烈的气氛中进行。主持人作了开场白后,按照职务的高低,大家就开始讲话。领导讲话的时候,其他的人就喝水、抽烟,翻看桌子上早已看过的材料。老冯听了一会发言人的讲话,似乎都是老生常谈,和以前的会议没有什么特别,于是也就喝了点水,戴上眼镜,翻了一下材料,再从包里拿出笔记本,看看,再往上写点什么。

  这样的会老冯开得多了,总计有多少场,恐怕他自己也记不清。有时是几天一场,有时是一天一场,有时则是一天几场,甚至白天开不完,晚上还接着开。常常开了这个会,却顾不上那个会。老冯当年刚毕业那年,就知道开会的重要性。

老冯叫冯小刚,师范即将毕业时,他春心开始萌动了,对班上一个叫作薛梨花的女生情有独钟。薛梨花不仅在班上,甚至在全校都是最漂亮最大方的女生。薛梨花普通话不错,但最擅长的就是跳舞。她的腰肢一扭,会让所有的男生为之咂舌。男生们在宿舍里熄灯后,谈得最多的就是她的腰。"咂咂,你看她那腰,真的像三月的杨柳枝!""是呀,我觉得更像一条水蛇!""你们哪,语言太贫乏了,我觉得更像一条丝带,轻轻地缠着我的心……"冯小刚在班上的普通话也不错,曾在五四青年节的诗歌朗诵会上,和薛梨花同台朗诵过罗马尼亚诗人米哈伊·艾米内斯库的《如果……》:

> 如果窗下的白杨
> 用枝条叩击着玻璃——
> 就仿佛你的脚步重新
> 悄无声息地回到家里
>
> 如果星辰的光芒
> 能照彻湖泊的底层——
> 我会觉得,宁静重新
> 占据了我的心灵
>
> 如果绕过一片乌云
> 是为了月光重新闪现——
> 就仿佛回忆把你赠给我
> 直到永远永远

薛梨花虽然是校花,但好像在爱情上还是空白的。据男生们口传，她拒绝过很多人的求爱，同时大家也从没有见她和男性单独相处过。他在内心里念叨："梨花呀梨花，如果你爱我，我就会把你拥在怀里，一刻也不松开，我会给你终身幸福……"

机会终于来了。那天中午，教室里静静的，只有那个叫作薛梨花的女生坐在前排。冯小刚走过去说："我有事找你。"薛梨花说："你说吧。"冯小刚说："不。"薛梨花睁大眼睛，说："你找我，却又说不，什么意思？"冯小刚说："我想单独和你谈谈。"薛梨花看着他半天不动。他说："我有很多话，想给你说，但不是在这里。"薛梨花笑了，薛梨花一脸的天真。她说："那在哪儿？"冯小刚说："去公园，或者电影院都行。"薛梨花说："是不是太浪费了……这样吧，就在教师办公室后面。"冯小刚心里跳了一下，教师办公室后面有一块草地，还有假山，有石凳，是学校里学生谈恋爱的地方，薛梨花选那个地方，看来是有些不谋而合的。冯小刚连忙说："好，那晚上九点，我准时在那里等你。"

九点差十分，冯小刚就到那里了。他把自己躲在被窝里写出的一首首情诗，放在贺敬之的一本诗集里，紧紧地揣在怀里。他想，第一次约会，可不能误时的，更不能让人家在那里久等。夏天的九点，夕阳早已西下，天渐渐变黑，四周有些窸窸窣窣的声音，有些小猪拱食的声音，有些低低的压抑之中的笑声。冯小刚就躁动了起来。冯小刚知道，校园里的恋人们都已经就位了，这些都是恋人们的和声。冯小刚还知道，自己也应该很快就会有这样的一个时刻的。这个时刻令人心醉，令人神往，令人颤抖。他在这样的心情中等待，像是脚下踩了热铁板，像是蠢笨的鹅找不到水路。偶尔也有一些恋人将头举起，看他可爱而又烦人的举动。他就想，有什么了不起，我不也是水到渠成了吗？

冯小刚所在的位置，是学校领导办公室的正后面。这天晚上，学校领导办公室破例灯火通明。那灯光照在他的身上，多少让他有些不自在。他生怕被老师看见，尽量往暗处躲，往黑暗没有目光的地方躲。但那暗处都有人，隔不了几步，就有一双一对的人在卿卿我我，让冯小刚目不暇接却又难以面对。不过，冯小刚心里也有几分坦然和自信：我也是来谈恋爱的呀，过不了一会儿，我也会和你们一样，拥着心爱的人，说自己埋藏已久的话。但他还是考虑到别人的方便，四下里找安静的地方。终于，他看到一个地方没有人，但也是最安全的地方，那就是领导办公室窗下。越危险的地方越安全，他笑了一下，快步走过去，在窗下蹲了下来。

他在迫不及待的心情中等待，时间的流淌却和灯光一样难于流动。两个小时里，他的心潮多次起伏，多少次失望，以至于绝望。他在内心里为薛梨花担心，生怕她会出什么意外：生病、撞车还是其他突发事件。但在之前，学校里一直是风平浪静，如果是那样，总要听到同学们讲，总要看到突发事件来临时的一点点慌乱。那种情形他是不愿意看见的，他也不想看见。因此，他在心里说："我愿薛梨花好，愿她一生平安，快快乐乐。"但薛梨花最终还是没有出场。就在他万般懊恼的时候，就在他站在墙脚伤心欲绝的时候，他听到窗内传来开会时严肃的说话声。他凝神细听。不听不知道，一听可就不得了。

原来学校里正在研究今年毕业学生的分配问题。

冯小刚将身子蜷缩得紧紧的，一动也不敢动，只是将耳朵努力张开，细心捕捉那里面传出的一点点信息。他潜伏在那里，像是一个偷听的特务。里面的声音时高时低，忽隐忽现，不时还有不相退让的争执。但他还是听出了个大概。他听到地区人事局要从他们学校挑选一名管档案工作人员的消息。

他回头看了看，四下里没有人注意到他，也没有薛梨花的影子。看来，这次约会失败了。他弯着腰，轻轻离开办公室的窗户，快步跑到小卖部买了一对长臂猿牌电池，然后一步一顿地回到宿舍。宿舍里有两个同学还没有回来，其余几个都已经睡着，或轻或重地打着鼾。他身子一缩，猫一样轻轻地上了床，拉开被子。将身子缩在里面，在手电光的照耀下，一遍又一遍地写申请。根据会上校长说的要求，人事局里要什么样的，他就写什么，同时他还写自己的特长，写自己的志向，写自己的决心。一直写到头皮发麻、四肢发软、眼睛泛绿，他就悄悄下床，出了宿舍，跪在水龙头面前，将水管打开，任水哗哗地从头上淋过。

第二天，他病恹恹地走出宿舍，有些失魂落魄的样子。在校园里，他看到那个叫作薛梨花的女生，倚在一个比他更高更帅的小伙子身上。这个小伙子，可是第一次出场呵！见冯小刚从旁边溜过，薛梨花还特意地叫了一声："冯小刚。"冯小刚很尴尬地站住。薛梨花很热情地向他介绍："这是我男朋友，小西，上海交大刚毕业。这是我同学，老冯。"那分明是向冯小刚说明："我有男朋友了，昨天晚上是逗你玩的，你自作多情了。"介绍完，薛梨花还说："冯小刚，我们要去看电影，法国的《卡萨布兰卡》，你去不？"冯小刚咬咬牙说："昨晚说好的，你到哪儿去了？"薛梨花说："哦，对不起，对不起，昨晚我和他出去了，忘了告诉你了。你说的那道难题，我们以后再解。"

冯小刚的愤怒而哀怨的样子就可想而知。但冯小刚刚走出学校门后，就立即打足了精神，往左右看了看，一步跳进理发店。他让理发师给他理一个最能体现精神面貌的头型，打了发胶，还用热毛巾捂了脸，擦了护肤霜。他对着镜子扣紧风纪扣，即刻在里面看到一个红光满面、精神焕发的自己。冯小刚揣着那封自我介绍信，走进了人事局长的办公室。

分配通知出来，令人大吃一惊，整个学校四个班两百多人都被分到山区教书，只有冯小刚和一个据说是市长的表舅子被留在了城里。那一时间，分配榜前哭声一片。冯小刚悄悄地从背巷里溜走了。

那个叫作薛梨花的女生，被分配到了本地最边远的一个叫作月亮地的山区小学教书，从县城到那里需要坐七个小时的班车，还要走三个小时的山路。班上的同学薛梨花一直在那里教了二十多年的书，才调到城郊附近的一所小学任教。她到人事局办手续的时候，找到了冯小刚。这时候的冯小刚已成了老冯，目光深邃，额上开始隐现年轮。二十多年，可以让一个精子和卵子长成一个青年，也可以让一个率真的青年变得世故老成。

薛梨花眼里含着泪，因为激动，脸上的沟壑更深了。

她说："我离婚了。"

老冯说："哦。"

她说："我可以和你说两句吗？"

他说："你说吧。"

她说："以往的事，你不会介意吧？"

他很迷茫的样子，说："你说什么呀？"

"十五年前，我就来找过你，可你一直在开会。"她顿了一下说，"你当官了，一般的老百姓很难见到。"

他不作声。此前他曾隐约听人说过，她和那个叫小西的上海交大毕业的年轻人结了婚，但那男的分工在上海，几年后，他们就离了。

她说："你不知道，我有很多话，好想跟你讲。你应该体会得到。"

"我应该体会得到？"他想，这么多年的事了，我怎么体会呀!

老冯抬起手腕来看了一下表,依然笑着说:"对不起,我要开会了。"

她说:"我们可不可以,重新爱一回?"

老冯犹豫了一下,直直地看着她。经年的风霜中,薛梨花窈窕的身材居然没有太大的变化。老冯想,这真是一个少见的女人。

但只一瞬间,他发现她说刚才那些话的时候,脸居然没有红一下,哪怕是一瞬间。她更没有流泪,只是眉头一锁,微微挤出了一点伤感。老冯心里便一阵的厌恶,但他的脸上还是堆着笑。

他想,她是还在体会当年的《卡萨布兰卡》呀?那伤感的旧日恋情,灰色的乱世迷蒙,还是想解当年她没有帮助改的难题……

他说:"你走吧,你这个样子,这让人看见多不好,我们之间并没有什么呀!"

最后,他又补充了一句:"我妻子脾气不好,随时都会查岗的。"

在当下的老冯生活中,他还有更重要的事情要做。

六

桌子上照例地摆了烟,这种公务用烟,是地方烟厂生产的最好的那种。老冯抽出一支来,掉过烟头,放在鼻子下长长地吸了一口。那味儿好香,那味儿好醇。那位文体局的副职将火打燃递过来,他才猛咂一口,将烟点燃。

烟圈一个个缓慢升起,在老冯的头上盘旋。

老冯刚伸手去拿盘子里的香蕉，手机振动了，老冯看了看，是老伴打来的，他没有接，但拿香蕉的手却缩了回来。

市委侯副书记的话讲完了，老冯一下子精神了起来。按照级别，接下来讲话的应该是他。他看到会议主持人往他这边看了一看，他的心就跳了起来。应该是自己讲了。他清了清嗓子，端起茶细抿了一口。可等他放下茶杯的时候，政府的刘副市长已开始讲话了。老冯往那边看的时候，人大的马副主任一脸的猪肝色。老冯知道，按照排序，人大应该在政府的前边，可在实际工作中，人大除了在选举期间比政府更重要一些外，其他工作还主要是政府上前。这个时候，马副主任心里一定在骂娘，一定想着下步人民代表视察的工作中，刘副市长分管的工作包括人事局的工作，一定还有许多需要改进的地方。

机关嘛，不就是这个样子。

分配那一年，刚二十岁的冯小刚，每一根血管里涌动的都是激情，每一个动作表现出来的都是力量，每一根剪得很短的头发，都在昂扬着一种少有的锐气。那一年开的是一个批判会，冯小刚上了台，进行了一番痛心疾首但又激情澎湃的演说。他的演说，他态度的坚决，他信心的坚定，他语气的铿锵，他个性的鲜明，具有很强的现场感，让偌大的会场都受到了感染。那次批判会，让冯小刚出人头地，风光无限。人们说，冯小刚平日闷声不作气，却不料一鸣惊人！他的演说，为局机关争得了面子。局领导十分高兴，一句话，就让他从档案科调到了办公室。

在办公室，会更多。虽然在这样的机关里，冯小刚只是会议的一个道具，一个配角，一种补充，他的作用就是在会前布置会场，会后打扫卫生。会议期间搞一下记录，倒倒茶水，开一下空调，给领导找一点会上要用的文件资料或者纸张笔墨。但老冯干得踏实，干得投入，干得兢兢业业，他知道这样的事情是不起眼的，是不能拿在会上来说的，是上不了台面的。但他知道这些工作的重要性。虽然在那些年里，他没有在任何会上说过一句话，没有在重要的场合露过一次脸。

也就是在那个时候，他认识了郝梅，一个财会学校刚毕业的中专生，他帮助了她，通过有机会参加会议的便利，帮她安排在市委机关的财务室。

郝梅的腰肢虽然没有薛梨花的纤柔，但人比薛梨花更单纯，更温顺，更可爱，更适合做妻子。这是老冯最实在的想法。

这期间，老冯对家庭生活是满意的，对工作也是满意的，对个人的收入是满意的。虽然他没有特殊的关系，在很多关键的时候，没有人出来替他说话，但他在机关里这几年还是一步步地从一般的职员挨到副科，再从副科挨到了科长，又顺理成章地任副局长。这对于老冯来说，当然是意外的收获。人事部门多年来一直是一个十分重要的部门，很多人要晋职称，要调动，要评先进，评劳模，要享受各种待遇津贴，都要通过这个部门，都要表示表示。来办这样的事情的，都明白机关的重要性。都有一个明确的认识，自己要有好处，就要给一些人一定的好处，特别是对于一些重要的人，他们更是不敢怠慢的。他们知道，这样的人，在研究相关工作的会上，只要说一句话，或者多说一句话，就够自己在一般的岗位奋斗一辈子，甚至一辈子还达不到。所以好烟好酒、土特名产，老冯是吃不完用不尽的，送朋友送同学送老人也是送不完的。因为常常是这个客人还没有走，另外的客人已经将门铃按响。他们手里或多或少或这或那地提着一些东西，畏畏缩缩，戒慎恐惧，恭敬有加。老冯知道这些人生活的不容易，有的为了进这道门，常常是借了债欠着的，常常在自家的楼下等上几个小时甚至几个夜晚的。但老冯管不了这么多，老冯想，要办事，烟你总要抽一支，要不然怎么说话，对不对？时间一长，老冯还体会到，有的人是不见棺材不掉泪，不见兔子不放鹰的。在办事的时间上拖一下，在办事的程度上拖一下，效果是不同的。家里需要啥，现在家庭里风行啥，别人会给你考虑，会给你送来。

尽管桌上摆了很多水果、糕点，但会上大家吃东西，都只是个象征。随便嗑几颗瓜子，吃两片水果，但眼睛还是看着主席台的，耳朵还是听着发言人的话语的。他们吃一下，老冯的喉咙就要动一下，咽一下口水。老冯知道自己饿极了，空空的胃里十分需要有东西来填充，但他想，自己是个处级领导，总不能和一般的老百姓等同，吃得狼吞虎咽，让人认为几十年没有这么好的东西吃过，伤了大雅，授人以笑柄。就等别人都在吃了自己才吃，别人吃了大的他就吃小的。嗑了两颗瓜子，刚拿起一根香蕉时，包里的手机又振动了。他努力将嘴里的东西咽了下去，才打开手机。一看，是许欣湉打来的，便连忙放下另一只手里握着的香蕉，擦了嘴，装着解手的样子进了厕所。那头，女人甜蜜蜜的口气里带了些责备说："冯哥，在干吗？一直不接电话，是在和哪个小女人在一起，不理我了？"老冯压低声音说："没有的事，我在开会。"许欣湉甜甜的声音说："你不是骗我的吧？"老冯说："没有骗你，真的在开会，你什么时候过来……"老冯往外看了看，没有人进厕所，他就接着说："我现在退居二线了，你过来，我正好有时间陪你。"那头停了一下说："是吗？你就退居二线？当调研员了？你上次不是说你才四十八吗？"老冯知道自己说漏嘴了，拍了一下自己的嘴巴说："过一会我再给你说，可能要轮到我发言了。"

和许欣湉的故事，其实也是一个开会的故事。

老冯当上副局长后不久，就有一个机会去北京开会。开会的地点在北京城里最好的首都宾馆。单位的小车把老冯送到机场，他再坐上早由办公室工作人员预定好了的飞机，到了北京机场，再由首都宾馆的专车来接，然后住进富丽堂皇的标准间。在飞机上看天上的白云悠悠，在北京城看那些车水马龙，老冯内心的那一股子凉爽的气息就涌了上来。老冯知道，那是舒服，那是幸福，在人间天堂的一种感觉。在这个时候，他就想起了万里之外的故乡。那里有自己的爹娘，他们一定还在乡下的庄稼地里，头上流着一串串的汗，手里打起一个个的血泡，肩膀皮磨了一层又一层，然后去收获那一些金黄的籽实。爹娘就是在这样的时光中，在这样的期盼中，一年年地老去，一年年地让风霜染白了头发，让低贱的欲望将他们折磨得死去活来。他就有一种愧疚，也有了一种满足。

那次会议安排的是七天，但其实开会的时间只有一天半。会议召开，主席台上就座的最大的一个领导是国家人事部办公室的负责人。那领导除了头上谢的顶多一点、头皮亮一点、普通话讲得标准外，其他没有什么特别之处。来自遥远地域海南的许欣滟就坐在他的旁边。她用脚踹了他一下，他正要回头，会议开始进行下一项，主持人请来自各基层的同志们讲话。老冯排在第一个，他讲得认真，讲得全面。老冯操着他不太准确的普通话，一字一句地讲下去。他的精心准备的发言稿的精致、准确和标新立异，赢得了一阵阵的掌声。从发言席上下来，许欣滟看着他满头的汗，给他递了一块纸巾，说："想不到你会这样的认真。"老冯说："哪里哪里，都给我紧张得出了一身汗。"许欣滟说："你对会议有什么感受？"老冯说："地方上的会我开得多了，但这是第一次。"许欣滟说："地方上的会，那是在虎穴里奔逃，而这样的会，应该是情感的奔放。"

老冯吃不准许欣滟的意思。她四十岁左右，但人长得妖娆，一脸春色，双目含露，走起路来一摇一摆，多少有点当年薛梨花的样子。其实许欣滟的话是有挑逗性的。以后的几天,主要就是旅游观光。参会的同志跟着会务组的负责人,从故宫到北戴河,从长城到圆明园,大家兴致很高,毕竟是到了首都,毕竟是在祖国的心脏。老冯走到哪儿,那个叫许欣滟的女人就跟到哪儿。许欣滟说:"看来你是第一次参加这样的活动。"老冯说:"是呀是呀,以前我虽对会议十分看重,但只知道会议的严肃性。原以为在这里开的会,一定是更为严肃的,说话应该小心翼翼,走路应该战战兢兢,想不到倒像是在休息疗养一样。"许欣滟说:"其实这会越往外开越自由的,没有领导盯着,没有熟人看见。"老冯笑了:"那也不能怎么样呀!那也没有什么可以做的呀!"许欣滟说:"自由呀,离开那样的环境,你难道没有感觉到自由的可贵?"老冯说:"我本来就是自由的,没有不自由的时候。"许欣滟撇撇嘴说:"看来你是笼中的鸟,放飞出来还觉得不自在。"老冯没觉得什么不自在,他不自在的是因为和许欣滟的接近,那些来自天南海北的参会人怪怪的目光和含沙射影的话语。

最后一天,整个会议上的人,互相之间都有些依依不舍。大家相互留了通讯地址、电话,表示回去后一定要多加联系。酒桌上互相敬酒,说些肝胆相照、四海之内皆兄弟的话,老冯的酒便喝高了。

让老冯意外的是,许欣滟没有来敬他的酒。醉意阑珊里,他看到那女人依在这次会议中的另一个高个子男人身边。老冯闷了头,高一脚低一脚地回到宿舍,倒床便睡。

可是他怎么也睡不着,脑海里总是浮现着许欣滟那挑逗的眼神和婀娜的腰肢。醉意一阵阵地往上冲,他睡不着,索性爬进来,把电话打进许欣滟的房间。

那头说:"谁呀?"

老冯说:"是我。"

许欣滟顿了一下，说："你怎么了，你不是醉了吗？"

老冯夸了一下胆，说："想你了。"

许欣滟说："我就知道你是个有贼心的人，贼胆大起来了？"

老冯说："我真的很想你，我怕明天散会了，大家各奔东西，再也见不到了。"

许欣滟说："那你过来呀！"

他过去了。许欣滟刚刚洗浴过，头发散乱，睡衣半遮半掩，在温柔的灯光下，一脸春色。许欣滟给他倒茶，给他吃水果，给他抽烟。他屁股下像燃了火，坐不住。他站了起来，一把将那女人抱住。

许欣滟说："我知道你会来的。"

他说："为啥？"

她说："不来就说明你不是男人，你有病。"

他一口将她吻住。

这个许欣滟，嫁的商人，钱有的是，物质上的享受不必谈。但她也苦恼，就是丈夫常常在外花天酒地，常常在外日嫖夜赌。她当然难以接受，离婚吧，自己已经半老徐娘，要再嫁一个不见得就中；凑合着吧，自己总不能这样一直到地老天荒。所以她对像老冯这样有点儿才、有点儿地位，同时还有点儿放不开的人就格外在意。她不图啥，只图有个心灵的栖息地，有个说话的地方。

非常重要的是，那次会上，作为礼品，也作为参加这次会议最为重要的见证，会务组发了一个公文包。柔软而闪烁着光泽的黑底上，印着白色的喷漆：全国高级人事管理研讨会纪念，落款是国家人事部。那次会议之后，老冯用一块红绸将它包住，放在衣橱的最深处，若干个晚上，夜不能寐，老冯都不时地拿出看一看。偶尔参加一些重要的会时，老冯才会将它拿出来，小心翼翼地装上一些文件什么的。郝梅说:"有这样重要吗?"老冯笑笑,却不说话。他知道这样的问题,并不好回答,也就懒于回答了。时间长了,尽管珍惜,但使用次数多了,那包在时光的淘洗中,便慢慢失去了光泽,失去了硬度,就像是当年的一个年轻人,几十年后已经变得白首鹤皮、肾虚腰佝。

七

回到会议室,话筒已传到下一个人的手里,那人谈兴正浓。老冯肚子咕地叫了一声,他连忙往嘴里塞进刚才还没有吃完的半截香蕉。不想肩膀被人轻轻拍了一下,他回过头,是办公室的小胡。小胡让他在一张早已造好的名册上签名,压低声音说是会议的误餐补助,今天散会后还有活动,不再吃饭。老冯对这习以为常,在小胡指定的地方龙飞凤舞地签字,理所当然地领取了一百元钱。小胡还让他去财务室,说那里还有事情。

老冯只好放下香蕉,出了会议室,再往楼上走。因为肚子饿的原因,在上三楼时,老冯腿软,胸闷,身上已经开始冒虚汗。财务室里两个女人在打毛衣,见他来了,面无表情地,只将嘴往桌上努努。他走到桌前,是几份表,一份是今年冬天的取暖费,第二份是岗位津贴,第三份是加班费。只有第一份有他的名字,另外两份都没有。而另外两份上的金额还要高得多。老冯以为看花了眼,又从头看了一遍,还是这样。他说:"是不是搞错了?"其中一个女的白了他一眼说:"没有错的,是领导安排的,你没有看见,是主要领导签的字吗?"老冯还想说什么,肚子空空的,好像连说话的力气都没有了,便摇了摇头,走了出去。

会议在继续进行,发言一个接着一个,那个闪烁着黑光的、小巧精致的无线话筒，在发言人面前慢慢传送着。那话筒每提起一次，老冯都情不自禁地直了直腰，做出伸手接话筒的姿势。可这一次还是没有轮到他。他心里开始冒火，开始暗地里骂娘，骂世风日下，看不起老同志。老冯抬头看去，这会议室的装修、会议圆桌的选定、会场里的总体布置，基本都是他老冯在副局长位置上参与研究搞的，就是墙上那会场纪律，也是经他的手修改确定的。

接到话筒的人就笑了一下，年轻的还站起来点一下头，再不紧不慢地一句一句地讲着。老冯听不清他们在讲什么，老冯只看见他们的嘴在不停地动，嘴里哈出的气弥漫在话筒上，以至于话筒上凝聚了小而密集的水珠。他们每人面前的桌上，都摆着一叠厚厚的稿子。老冯想，他们的秘书一定又一夜没有睡觉了吧。他看到他们都在微笑着，讲的人在笑，听的人也在笑，就连那个搞服务的小胡也在笑。他们在笑什么，他们在笑会议的顺利进行？他们在对发言人的讲话质量发出由衷的赞叹？还是他们觉得老冯可怜，眨眼间就青丝变成白发……老冯不知道，老冯参加了若干次的、数也数不清的会，也常常在会上揣测领导的意图，但老冯在这个时候，的确搞不清他们在想什么，他们做了什么。

老冯坐回座位，掰开一个橙子，那香味一下子弥漫开来。不知不觉，老冯不年轻了，原来矫健的步履变得稳重，敏捷的目光变得深沉，黝黑的头发开始偶有白丝。上楼梯的时候，原来是一步两级，有时还是三级，手里还要抱着一大沓材料。现在不行了，现在只能一步一级。他在心里对这些年来的工作进行了一下盘点，心里多多少少还是有一些安慰的。比如，这些年来的会，他参加过的就有：民主生活会、主任办公会、班子办公会、电视电话会、迎春茶话会、商务洽谈会、经验交流会、座谈会、研讨会、扩大会、新闻发布会……凡是工作中存在的会，他都参加过。那些会有的急风暴雨，刀来剑往，有的则一团和气，满面春风。有的表面风平浪静，海阔天空，暗地里却隐藏杀机，可以马上就让人下台，置人于死地。有的表面上十分严肃，但其实只是工作应付……老冯曾多次为之而夜不能寐，浮想联翩。曾多次为之而心惊胆战，寻找良策。为此，郝梅也渐渐地厌恨起会议来。郝梅多少次上了班，处理好公务，再上菜市，买了菜，做好饭，一心一意等老冯回来吃饭，但老冯临时才打电话过来说，今天我不回家吃饭了，要陪领导的。而且那声音压得很低，像是怕惊吓了什么伟人，或者正在做贼。郝梅便有些不耐烦了，渐渐地对老冯整日里开会流露出不满来。

　　那一次老冯在首都北京开会回来，莫名其妙地电话多了起来，先是一个星期一次电话，后来是两三天一次电话，再后来发展到一天一次电话。电话里，他和许欣滟约定见面的时间和地点，同时说些互相感情上的事。说到深处，那头还流了泪，哽咽着，让人听了着实生出无限的怜爱。

　　老冯每次接电话都偷偷摸摸。这让郝梅不得不疑心，结果不听不知道，一听吓一跳，老冯和一个叫作许欣滟的女人，谈些让人不好接受的话题。郝梅追问，他就反复搪塞。结果越是搪塞，就越是漏洞百出。郝梅大闹了多次，毫不客气地将那些让人难以启齿的话公之于众，闹得单位内外沸沸扬扬。一次，老冯正在开会，发了疯的郝梅冲进会议室，把正在主席台上夸夸其谈的老冯一把抓了下来，弄得这个大会不了了之，影响极坏。以至于让单位领导不得不出面，找老冯谈心，进行批评教育，这才让老冯痛改前非，保证不再与那个女人有任何联系才告终。对于老冯来说，这是一个惨痛的教训，刚开头的婚外情，就像初开的花，被一阵风吹雨打去。好在他和许欣滟远隔天涯，要见一次谈何容易，时间一长，也就慢慢淡了下来。可最近，老冯寂寞了，忍不住了,就主动打电话给许欣滟。这不,老房子着火,两人本已深埋的情感又开始燃烧了。

自从有了这样的事,郝梅对老冯在外地开会也不放心了,对开会更是痛恨之至。常常是老冯接到外出开会的通知,做好了出差的准备之后,郝梅忽然肚子疼、头昏,连班也不能上。老冯就只好临时请假,在家里陪妻子。几次折腾之后,老冯才明白,郝梅是在以这样一种方式,阻止自己外出开会呀!

现在好了,一切都已经过去,一切都在随着年龄的上升而随之远去。属于他的,越来越少,越来越虚……

老冯觉得一生就这样过去了。那些他写了多年的材料,那些全都署上其他人名字的材料,堆积起来可以汗牛充栋,但没有一篇可以值得回忆,没有一篇有着真正的价值。老冯为之而叹息。

话筒转到老冯旁边那位文体局副职手里后,又收回主持人面前。主持人说,大家发言很好,还有几位没有讲,但鉴于时间关系,今天的发言就到这里。老冯想,好不容易参加这个会,可言还没有得到发呢。他急了,他的手心在出汗,小腿在打战,火在一个劲地往上冒。他感觉到那火先是在肚腹里忾,慢慢地又在胸膛里燃烧,再后来却一下子蹿过喉咙,不作一点停留,就涌上了头顶。他猛地将手里的橙子皮扔在地上,站了起来,对会议主持人说:"你们讲完没有?你们把话筒递过来,我还有几点补充!"

原本疲软的会场一下子活了,甚至有的人还拍起了巴掌,一位正在入睡中的人一下子被惊醒,居然一下子站了起来问:"发生什么事情了?"发生了什么事?于是大家就笑。

话筒越过中间的几位,终于传到了老冯的面前。这是一个闪烁着黑色光泽的话筒。老冯听到自己轻微的喘息声被扩音器扩大，在会议室四角的音箱里发出让人激动而柔和的海潮低低流淌的声音。他就激动了，这个话筒比原来那个好得多，他在位的时候，用过无以计数的话筒，但他从来就没有用过这样好的话筒，从里面传出的声音是那样的悦耳，那样的可人，那样的动听……

老冯这些年来在会上发言，脸不红，心不跳，他可以把一件事情分解成几件事情来讲。他可以把以往做过的工作讲成现在的工作，他可以把没有做过的工作讲成现在全单位正全力以赴的事。他可以把三分钟就说完的工作，拓展成一个上午的讲话。现在，他开会的水平再一次得到了发挥。他说："第一，我们要加强理论学习，充分认识新形势下人事工作的重要意义……"

老冯一板一拍、一流二水地讲下去。老冯讲了很多，老冯从第一讲到第二，从第二讲到第三，从第三讲到第五。他讲得红光满面，气宇轩昂，讲得语言铿锵，居然还像年轻时候那样充满磁性。还有，嘴里也不苦了，口腔溃疡也好像不在了，肚里也不饿了。倒是脸上的那个纱布，在随着他的声音而起起伏伏。他不知道自己讲到了第几，但他觉得自己的话还没有完，他的表达还没有穷尽，他对会议的理解还没有充分，他就一直讲下去……老冯讲着讲着，联想到今天所遇上的几件事，压抑了半天的火再一次往上烧，往上冒。他说："你们呀，你们开什么会，你们连个程序都没有，你们人还没有走茶就凉，你们也会有老的一天，都会有退居二线的一天……"

老冯听不到自己讲的是些什么，他只看到圆桌周围那些参会人的嘴在无限地扩大，从中冒出的烟圈在无限地扩大，从中露出的门牙也在无限扩大。他们多皱的脸上的笑在无限地扩大，像土地饱经沧桑的龟裂，那龟裂的宽度在无限扩展。那嘴变成了一个个深长而深远的黑洞,他跌了进去,黑暗无边,没有尽头。

八

老冯感觉到自己掉进了一个令人迷乱的旋涡。那旋流五光十色,那旋流变幻莫测,那旋流将老冯搅得头晕脑涨不辨东西。这种旋流持续的时间长,像是一个人的一生,像是从少年到暮年,像是从黎明到黄昏。老冯想,我是在干什么呀,我怎么会落到这样一种境地……他挣扎,他摇摆,他努力地向上寻找感觉中曾经有过的一个出口,那里有些亮光洒落下来。于是他就像是逆行的鲤鱼,像是迎风的旌旗。

有一种声音一直一直地响起,那种声音像是一种呻吟,又似一种呼喊,很温柔,很焦虑,也很熟悉。本来老冯想,找不到路,就不回家了,一直走下去呀。走不起就坐坐,坐不起就躺躺,躺不起就让身体自由自在地飘,飘到哪就算哪吧。可就是那种声音,像是母唤儿归的声音,一直持续着,有些坚强,有些不屈不挠。还像只萤火虫,像马灯,像把手电,越来越亮,越来越清晰……

老冯抬起头来,昏花的眼里,老伴的形象清晰起来。老伴神色焦虑,泪流满面,声音嘶哑,见他醒来,居然像是个孩子似的破涕为笑。老伴揩着头上凉津津的汗说:"你终于活过来了!你终于活过来了!他们都叫了救护车了,我们回家,我们立即就回家……"老冯看不清眼下自己到底是在什么地方,他记不起自己现在是怎么了。这样的感觉他有些似曾相识,那是大病之后的一种觉醒,那是大痛之后的开始复苏。他抬起头,看了看四周,麻木了好一阵子,才想起自己原来是在会议室里,自己刚才还在发言呢。

老冯揉了揉眼睛说:"你,你怎么在这里?"老伴不好意思地说:"我还以为你人老心红,像报上说的那些人一样,去找小姐,我就跟了来。后来你打车,我找不到了,听熟人讲你去过性病医院,我就打手机你不接,就打电话到你们单位问。"老冯叹了一口气说:"你呀你……"老伴又生气了,老伴总是爱生气。她气咻咻地说:"我呀,我怎么了?要不是我,你早就归天了!"老冯说:"他们呢?他们都开完会了吗?"老伴说:"开完了,早开完了,他们还要到一个什么地方去视察。见我来,反复交代,你身体不好,就不让你带病工作了,要我服侍好你……"老伴还说:"领导说了,他们向你表示歉意,这个会只是个中秋之前的茶话会,他们没有做更多的准备,程序上也没有按惯常的考虑,对不起你了。他们还说,鉴于你身体情况,下个月就给你办退休手续。"

"其实我是饿……"老冯刚开口,老伴就用嘴朝桌上努了努,说那是会议上发的纪念品。

老冯抬头看了看,那纪念品让彩色塑料纸给包着,鼓鼓的,躺在那里一动不动。老伴知道他的意思,说:"办公室小胡说了,是一只真皮公文包。"

"公文包,又是公文包,现在公文包对我来说,还有什么作用!"老冯有些烦,他摆了摆手,示意老伴不要再说。可老伴今天话却特别多,说:"你也是的,我听说,你给人家骂惨了,说会议培养了些什么什么人,你不想再参加此类的会议了。是吗?你真的想通了?"

老冯欠了欠身,他想不起自己说了些什么,他只知道自己再没有说话的机会了。老伴又说:"你别难过,人人都会老的,我们都退休了,那些在位的人,很多都会退休的……只是要到了他们退休的时候，才会真正理解我们的心情……"

　　会议室里早已空无一人。桌上凌乱的香蕉皮还在，嗑过的瓜子壳还在，冷冷的茶杯还在，被大家所依次传递的话筒还在。唯一不同的是，从西边拉开的窗帘处，落过来一束晚霞，照在老冯的公文包上，也照在老冯疲倦而苍白的脸上。

　　那霞影红彤彤的，整个屋子里的人物也就红彤彤的，煞是可爱。

今 夜

一

尽管自己多年来一直固守于学生时代就致力的爱情，但头发乱了还是认为，新颖的比守旧的好，现代的比传统的好，夜晚的比白天的好。所以在她的生活里，常常会有一些新鲜的事发生。

这天，瞅着单位的主要领导刚去外面开会，头发乱了便立即挂上QQ。时下对于QQ的迷恋，好像是大多数机关工作人员都拥有的。有事时做事，没有事时，就守在电脑前，说些不咸不淡的话。这样的生活好，不必串岗，不必和同事们为一件事争得面红耳赤。在QQ上，大家都互不相识，但可以放开说，想有什么表情就可以有什么表情，而且同时可以和很多人聊天，可以和很多人做朋友，聊到高兴的时候，想说什么就说什么。聊到伤心处，可以声泪俱下。聊到无聊处，可以发脾气，可以关掉电脑走人。而且里面的信息量大得惊人，进去一会就可以知道天下事。而且里面不乏能人，有什么问题，在网上发个帖子，大家都可以帮助你出主意、想办法，很时尚的。在网上，足不出户却可以领略大海长河惊涛骇浪的奔放壮阔，也可以体验高原雪域死亡地带的恐惧与蛮荒。头发乱了曾发出这样的感慨：要是没有网络，真不知道会怎么过。

头发乱了刚一打开电脑，她的 QQ 叽叽叽地叫了起来，是有人发来信息，要加入。当时她正在为单位建网站而和负责此项工作的同事联系，互传需要做的文件和已经做好的文件。她忙不过来。她不想理他。但接二连三，那个人像是尿急了豆浆涨了一岁的娃娃跌下床似的，一个劲儿地往她的 QQ 里发信息。她打开一看，忍不住就笑了。这个人名字叫作最好别爱我。年龄一百岁，国家是联合国，所在州省是银河系，所住城市是太阳系，职业是给太空人治性病，毕业院校是天堂大学，性别男，所显头像是一头亚麻色头发，脸瘦削白皙，戴副大大的眼镜，鼻子修直，嘴小巧而微微上挑，很文气的样子。头发乱了不需要做过多的思考，就知道这个人除了性别是真的外，其余全都是假的。不过她还是很快就接受了他的请求，并且加他为好友，她觉得他很逗，那头像也很讨人喜欢。

添加之后的几天时间里，最好别爱我并没有来找她。她原以为那家伙一定会一接受请求，便会扑上来和她说话，随便聊上几句，就快速地邀请她打开视频，评价她的容貌，就会铺天盖地地来些让她无法接受的污言秽语，再接着要求见面，要求什么什么的。那样，她就会丢下几句让他难堪的话，然后毫不留情地将他踢出她的聊天室。她有过这个经历，有过这种经验，对付这样的人，她不是一次两次了。

但她有些奇怪，那人并没有来找她，更没有说意料之中那些话。他在茫无涯际的 QQ 里消失。有时工作上闲下来，她就会想，这个叫作最好别爱我的家伙，倒真的想和他聊上几句。毕竟，这个人太特别了。但她近来很忙，心里也很乱。即使在她最为清闲、心里安然的时候，也不会主动找一个男人聊天的。头发乱了有她的个性，有她的爱好和追求，有她的生活。在网络生活里，她是个被动者。

这天要下班的时候，最好别爱我来了。她看到他的头像由黑白而一下子变成彩色的时候，她的心居然狂跳了一下。

最好别爱我说："你好。"

头发乱了："你好。"

最好别爱我："你还忙吗？"

头发乱了："要下班了。"

最好别爱我："你都很准时吗？"

头发乱了："你问这干吗？总不能一天到晚都待在办公室。"

最好别爱我："你头发还乱吗？"

头发乱了："你管得多宽。"

最好别爱我："对不起，我是看着你的名字特别。"

头发乱了："怎么特别？"

最好别爱我："你心情不好。"

头发乱了："我怎么会心情不好？"

最好别爱我："那你头发为什么会乱？"

头发乱了："除了心情不好，头发就不会乱吗？"

最好别爱我："……你说的对。"

头发乱了："不过我觉得你挺好玩的，你在哪儿？"

最好别爱我："以后你会知道的。"

最好别爱我给她发了一个挤眉弄眼的表情，然后发过一杯清绿可人的冒着热气的茶。

头发乱了："谢谢。"

头发乱了："你这名字好玩。最好别爱你，你会吃人吗？"

最好别爱我："你爱一下试试，试一试你就知道了。"

头发乱了："真的吗？本来我还是想有一段网恋的，你这样说，那我就不敢爱了。"

头发乱了还想说什么，手机却响了。打开一看，是老公的，她接了。那边说："老婆，还忙呀？忘记了我们的事吗？"

她说："你把车开过来，我马上就下来。"

老公说："我已经在楼下等候多时了。"

头发乱了站起来，忙穿外衣，忙理理头发，对着小圆镜理了理发，打了一趟口红，匆匆忙忙地走了。

二

头发乱了真的心情很不好。她和丈夫结婚八年了还没有孩子。丈夫是一家公司的老总，有钱，有地位，走过很多地方，思想比起其他同辈来，有很多先见的地方。他们朝气蓬勃，目光高远，完全没有那早养儿子早享福的迂腐思想。他们觉得孩子来得晚一些比早一些好，觉得过早地让一个小家伙拴住两个青春的翅膀，实在不划算。像好多周围的朋友一样，等到把孩子养大，早就人老珠黄了。孩子太缠人，小的时候天天要捧在怀里，怕他饿，怕他冷，怕他病，屎一把尿一把地养育，饥一顿饱一顿地生活。大一点的时候，要上幼儿园，天天要接送。上完幼儿园，又要上小学，那时候不仅要接送，还要照顾他做作业，要检查对错，一刻也不能马虎。上了小学要上中学，上了中学还要上大学，要考虑他的身心健康。是个男孩子，怕他顽皮；要是个女孩，担心的更多。等到大学毕业，分了工作，做父母的早就人老珠黄，青春不再，该玩的地方没有去过，该享受的生活更是没有。当然他们也不是不想要孩子，他们是想等到把自己想做的事都做了，把财富积得更多，把事业做得更大，思想更成熟的时候，再来要孩子。头发乱了亲眼看到单位上的老转，没有孩子的时候想孩子，有了孩子的时候，却为孩子所累。老转早婚，二十岁参加工作，二十二岁结婚，二十三岁就当爹。常常上班迟到，早退，有时到了单位上，身上还沾有孩子的屎尿。领导批评他，他一脸的无奈。领导要扣他奖金，他也无所谓。老转一下子落入了家庭的围城里，从前在工作上、在事业上前途似乎无量的他，离年少时的梦想，离领导们、同事们心中的他越来越远。几年过去，孩子上了小学，本来可以将家务事丢一丢的他，这下子却相反陷入了家庭的泥潭，木木的，呆呆的，对事业缺少感觉。

　　头发乱了当然不是对事业有着特殊的爱好和追求的，她不想钱，也不想做事业上的女强人。她只想潇潇洒洒过好快乐的每一天。她是一个乐天派，她喜欢玩，喜欢时尚。她当年之所以委身于现在的丈夫，就是他支持她玩，支持她时尚，虽然他对这一套并不十分感兴趣。他是一家公司的老总，将他所在的这个城市的房地产全都控制在自己的手里，钱是多多的，但时间就少，很忙，经常半夜三更才回家。头发乱了先是约了未婚时的小姐妹们一起，再不就一个人行动，把大量的空余时间，安排进这个地方的山山水水里，安排在这个城市的咖啡馆、茶室，安排在这个城市里很多时尚的地方。她把这个地方最好的东西，把当下生活里最时髦的东西都研究了个遍。她也一再要求丈夫领她去他的那一个圈子里，但那样的时候还是很有限的。他要谈生意，她偶尔跟上一次，都会有被冷落了的感觉。丈夫好像对她想在房产生意上介入有些介意，虽然对于她怎么用钱从来不干涉。丈夫也曾对她不止一次地说过："你要是没事，就给我们生个小宝宝，好不好？"头发乱了当然不同意，说："我还这样年轻，你就要破坏我的生活？"丈夫说："你都二十六七了，还小呀！再过几年生，就很困难了。"头发乱了说："你是要让个孩子来拴着我？你倒好吃好玩的。"丈夫说："你以前可不是这样的，你在乡下的时候，可是个让人心爱的女孩。"她一下子生气了,说:"乡下怎么了,你是不是嫌弃我是乡下人!要是这样,你咋不早说,你当年为什么还对我说乡下人纯朴,乡下人品质比城里人好,乡下姑娘美得干净……"丈夫连忙认错,说对不起,说只要她高兴,她想怎么着就怎么着。

这样一来,头发乱了心里倒有了些疚愧,有了些不安。她在和丈夫做那事儿的时候,有意识地不吃避孕药,不让他戴安全套,有意识在把这样的活动安排在她的排卵期。即使是丈夫深夜回家,很累,很疲倦,她还是动用了一些脑筋,让家里有些小小的情调,通过很多办法来激发丈夫对性事的勇往直前和无限热爱。但随着时光的流逝,那个在意料中的小家伙却迟迟不见影响。头发乱了很清楚,男人不能生育的原因有很多种,比如他的染色体异常、重力影响、精神因素、先天不足、供血障碍、烟酒过度、环境感染等等。她在前一段时间里,也让丈夫注意了这些,让丈夫把应酬中关于这方面的都省略掉,但还是不行。

生育成了她生活中非常重要的一件事了。

经过朋友们的反复劝说,他俩决定进医院检查。首先是检查男人的生殖器和精液。丈夫说:"你那么漂亮,身段那么好,屁股那么圆实,怎么会有问题?要查就先查我。"

她坐在医院门诊外的长椅上,看着这个城市里最为有名的不孕不育专科门诊门前排着的长长队伍。他们里面年轻的二十多岁,年纪大的有四十多岁的。有穿着高雅、举止不俗的人,也有头上顶着方头巾、脚帮上还沾有红泥的农村妇女。再看看自己,在这个队伍中却显出与众不同的尊贵与典雅来,脸不禁红了一下。看着丈夫拿着医生开的化验单在整个楼道上奔来奔去,在化验室间奔出奔进的样子,她想,他在他的房地产生意里,会是这样的角色吗?

等化验结果，还需要一个小时，她一个人回到了家里。

丈夫回来后，忍不住一脸的喜悦，说："我没有问题，医生说我的精液好着呢。"她的脸一下子沮丧了下来。她说："你的意思是，我有问题吗？"丈夫连忙说："不是不是，我是说，我们尽快发现问题，尽快解决不是很好吗？"她说："我要检查的，一定要搞清楚问题在哪里，我们才好解决。如果是我的问题，我会让你的。"丈夫脸红一下，白一下，丈夫说："你别误会，我们多年来不是一直很好吗？如果不能生，我们就不生了，这有什么呀？"她说："你别假惺惺的！"

对自己的妇科检查，她不愿让熟人知道，便选择下班时间，其他医生都下班了，他们才进妇产科。

医生对她的检查很负责，也很烦琐。女医生让她将衣服的下摆拉起，在她的乳头上摁了一下，然后又让她脱了内裤。女医生的很多动作，使她想起同性恋这个词，她一下子恶心起来，佝着头呕吐了很是一阵。后来他和丈夫说起这事的时候，丈夫还笑着说："像你这样漂亮的女人，她不嫉妒才怪。"

躺在检查床上，那雪白的床单让她有些害怕。她有些不情愿，她觉得自己整个人都完全暴露在了别人的眼皮下。但她又不得不这样做，当那个女医生让她将两只大腿外摆，将一个冰凉的什么东西往她的私下里塞的时候，她咬着牙，皱着眉，闭上了眼睛。

那一次女医生给她的输卵管通了水。她躺在床上真的痛不欲生，那种痛，是源自生命之门的痛，是传感到心尖上的痛，是撕心裂肺的痛。那种感觉和与丈夫做爱的感觉有天壤之别。她的泪水下来了，她的牙将唇也咬破了。她感觉到那水，先是像一条蚯蚓在她的下腹里爬，后来却觉得那就是一把刀子，尖利的、锋芒毕露的、不容置辩的。她的汗湿透了长发，湿透了衣服，她的手紧紧抓住床沿，以至于将蓄意留住的长指甲都抓断了。她叫着丈夫的名字，呻吟着，喊叫着。那医生有些烦了，说："有你这样的吗？比这痛的事还多呢，你多想想快乐的事好了。"

往输卵管里通过几次水，医生还让她做了碘油造影。伸入私下内部的感应器没有让她少掉泪。但那片子出来的时候，情况不乐观，比想象的更糟糕。医生指着片子里有三个尖角的一个白影给她说："你这个属于尖角子宫，即使精子和卵子的结合物顺利进入子宫，它在里面也不能正常生长。它前三个月是漂浮的，移动的。当它漂到里面的任何一个角的时候，出来的可能性就很小，而一旦它在任何一个角里定根，长到一定的时候，你的尖角子宫就会压迫它，使它窒息。"

头发乱了心情压抑到了极点。她不相信自己的身体是这个样子，她想起小时候母亲在灵云寺找老和尚给她算的命，老和尚说过她成人以后红颜命厚、家兴人旺。她听说很多医院对这种病的检查并不准确，她决定找更大更好的医院去看。

一段时间以来，她到昆明、上海和电视、报纸上刊登的一些专治不孕不育的医院做检查。丈夫公司事务多，大部分时间都是她一人孤身前往。她给单位请了假，白天就待在医院，找医生会诊。晚上就进网吧和最好别爱我聊天，和他一同探讨身体的情况。最好别爱我几次提出要见她，要帮助她，都被她谢绝了。最好别爱我说："我要来找你，我要与你风雨同舟。"她说："别来，你找不到我，虽然我们近在咫尺，可比远在天涯还难找。"

那样的检查进行了大约半年。这半年里，她和丈夫的性事在责任的驱使下开展了若干次。丈夫常常会在性事后，用耳朵紧紧地、很小心地贴在她的肚皮上，半开玩笑半认真地说："你听见了吗，我儿子在喊爸了呢！我的儿子要出来了呢！"她不作声，她知道那只是丈夫的一种期盼,一种向往,一种幻觉。她没有感觉,她没有一个生命在身体内存在、生长的感觉。

最后一次检查,女医生将乳白色的一次性手套扔到垃圾桶里,面无表情地告诉她:"你的子宫越来越往下移了,生育肯定不行的。"

头发乱了说:"还有希望吗?"

"从以往的病例来看,可能性很小。"女医生的话和这检查室一样冰冷,一样苍白。

头发乱了正在提裤子的手一下子僵住,两滴泪水从眼角一涌而下。

三

她再次上QQ的时候,电脑叽叽叽地叫了。

最好别爱我:"你都到哪儿去了?想死我了。"

大约是看到头发乱了上来,那头端出一杯茶,从玻璃杯里看去,水汽氤氲缭绕,茶色明静,青翠碧绿,十分可人。

头发乱了:"哦,有点事。"

最好别爱我:"什么事,能说来听听吗?"

头发乱了:"不必了,对你没有什么好处的。"

最好别爱我:"不一定吧,说不定我能够帮你。"

头发乱了有些神伤,暗自思想:"今生今世,恐怕谁也帮不了我了。"

头发乱了:"和老公闹别扭。"

最好别爱我:"配偶是一种约束,约束你不能和别的异性交往;情人是一种补偿,补偿你想从配偶那里得到却又无法得到的那种激情;红颜知己就是一种点拨,点拨你心中的迷津。"

她顿了一顿，换了一个话题："你是干什么的？"

最好别爱我："你猜。"

头发乱了："单位办公室的，小帅哥一个，没事了，整天泡QQ，对吧？"

最好别爱我："不是，我是种地的。"

头发乱了抬起头，从高楼的玻璃窗望出去，外面是一望无际的郊区。时值深秋，地里的庄稼都已收尽，深红的土地像健康人的皮肤一样露了出来。那些大大小小的草垛子，金色迷人，像点点闪光的金子散落在村庄的四周。而村子的上空，白杨树叶经霜一冻，就三两天时间，便红得可爱，像片片云霞。

最好别爱我："我种苹果，还有烟叶。"

头发乱了最喜欢吃苹果的，那种成熟后通红通红的苹果，她常常两三天就吃掉一篮。丈夫常常说："我们干脆下乡去包一片果园好了，我挑水，你就坐在树下吃苹果，我干活，你专门给我擦汗。"当时头发乱了还说："你哪有那么多的汗？"丈夫说："有多少力气，就有多少汗水，这可是老年人说过的。"

最好别爱我："每年我都要收好多好多的苹果，你喜欢吗？"

头发乱了："你真的是种苹果的吗？"

最好别爱我："当然。你呢？你做什么？"

头发乱了："你猜。"

最好别爱我："我想，你一定是单位十分清闲的公务员。"

头发乱了："不是。"

最好别爱我："再不，你就是大款的阔太。"

头发乱了："不是，你种苹果，可你没有想到，我这种职业……"

最好别爱我："啥？"

头发乱了："我呀，我是种钱的。"

最好别爱我:"真的,那我可就发了。"

头发乱了:"是呀,你傍上我,可就真的发了。不过,你的名字就叫作最好别爱我。我敢跟你接近呀!"

最好别爱我:"真的,我可是个采花大盗。"

头发乱了:"真的,如果是这样,我想爱还来不及呢!"

最好别爱我:"谢谢谢谢,从此我就真的步入小康了。我就不需要再种地了,那活累人哪!"

头发乱了:"再多些钱,又有什么用呢?"

最好别爱我:"你心情不好,我送你一句话:要活得随意些,就只能平凡些;要活得辉煌些,就只能痛苦些;要活得幸福些,就只能糊涂些。愿你有自己的选择,天天快乐!"

四

和丈夫坐在一起的时候,他们更多的是谈论孩子的事。那一天,西边的太阳已落入一缕霞光中。那霞光从远处的山巅上长长伸过来,伸过拉开的窗帘,伸过玻璃窗,轻轻地落在她的头上,她长而乱的头发便和晚霞融在了一起。以前她常常和丈夫说,这好像是你的手。丈夫说:"我不在的时候,你就多看看晚霞。那样你就会觉得,我在陪着你。"她说:"是。"她说:"你还是要多陪陪我,你知道我多想你。钱嘛,永远都挣不完的。"丈夫说:"是。"丈夫说:"其实很多事情,想象着的是这样,可一陷进去了,就难得走出来,何况是钱。"她说:"是吗,钱比爱情重要吗?"丈夫说:"二者不在一个平台上,没有可比性。"丈夫是个人精,永远都清醒着,就是女人,就是像头发乱了这样的女人,都不会让他迷糊。

丈夫说:"就到上海去看一看吧。"头发乱了说:"孩子,孩子很重要吗?"丈夫想了一下,说:"还是去看一下吧,都这个时候了。"

她说:"不去。"

丈夫说:"去一下,看看还有没有机会。"

她一下子火了,说:"有机会怎样?没有机会又怎样?难道女人生来就是男人的生育工具吗?"

丈夫说:"你别激动,我是说,如果实在不行,我们就去孤儿院领养一个,你怪寂寞的。"

她说:"不干!"

他们还不到三十岁,这样的年龄和晚霞同样没有可比性。但头发乱了却想得那样的悲观,觉得人生真的没有什么意义。再到单位上见到老转每天一大早要送孩子到学校才到单位上班、下午还没有下班就忙着要去接孩子,然后常常被单位领导批评的时候,头发乱了内心却多了一份对老转的尊敬。

五

头发乱了上 QQ 的时候,是晚上十点钟以后了,最好别爱我早就在上面了。头发乱了点开聊天模式。

头发乱了:"你没去种地吗?"

最好别爱我送过来一壶茶。一个紫砂壶,上面写有"可以清心"几个字。茶水从壶嘴里流出,酽酽的,冒着热气。

最好别爱我:"粮食都收仓了,该休息一下了。"

头发乱了:"你上 QQ 了,和谁聊上了吧?"

最好别爱我:"我试试运气,看能不能见到你。"

头发乱了心里一热:"收入还好吧?"

最好别爱我:"还好,够一年的化肥支出。"

最好别爱我:"你怎么样?"

头发乱了:"不好。"

最好别爱我:"怎么了?"

最好别爱我送上一枝开心玫瑰,上面有一行字:开开心心每一天。

头发乱了:"我和他闹翻了。"

最好别爱我:"这样严重呀?他在吗?"

头发乱了:"睡了。"

最好别爱我:"为什么?"

头发乱了:"我们结婚八年了,可还没有一个孩子。"

最好别爱我:"哦。这,这很重要吗?"

头发乱了:"以前不重要,现在是。"

最好别爱我一个劲儿地问这问那,头发乱了就把自己的故事,全都讲了。

最好别爱我:"你让我想想。"

头发乱了:"想什么?"

最好别爱我:"我想你们的事,其实是你的事。你要多想想你。"

头发乱了:"我活着,究竟是为什么呀,我活到现在,真的不明白了。"

头发乱了:"难道,女人生来就是男人的性工具?就是生育工具?"

最好别爱我再次送上茶,这次的茶是大碗茶,上面一个盖,泥色,端庄。

最好别爱我:"旧社会是,现在不是了,现在是女人当家做主的时候。"

头发乱了:"做女人很难。"

最好别爱我："是不容易，做母亲更不容易。冰心不是说过，母亲呵，你是荷叶，我是红莲，心中的雨点来了，除了你，谁还是我无遮拦天空的庇荫?!"

　　头发乱了："你说得多好，好诗意的。"

　　最好别爱我："尼采在100多年前就说过：'现代人迷失了方向。'不只是你。"

　　头发乱了："嗯。"

　　最好别爱我："在生活中，我们总是感觉到有人在对我们发号施令，在左右着我们，可我们总是找不到司令台。"

　　头发乱了："好多东西都杂乱无章。"

　　最好别爱我："我们苦闷，我们枉费心机，把自己一次又一次地置于一个火山口上。"

　　最好别爱我："我们拥有了现代，可我们就不知道自己了。"

　　头发乱了："你好像是个哲学家。"

　　最好别爱我送上一个自定义表情，一个孩子一脸的深红，很害羞的样子。

　　头发乱了："我听你说。"

　　最好别爱我："其实你不想离婚。"

　　头发乱了："应该是。"

　　最好别爱我："一般来说，离婚对一个女人，是很残酷的。"

　　头发乱了："我不知道，我有一种没有皈依的感觉。"

　　最好别爱我："我觉得你们之间，你还要做更多的让步。"

　　头发乱了："怎么要让我让步呢？"

　　最好别爱我："你爱他，你就要付出；你是女人，你就更要付出。"

　　头发乱了："我想不通，他对我居然是那样反常，那样粗暴。"

最好别爱我："要容忍。大海之所以成为大海，是因为他可以容纳很多，不仅是百川，还有很多臭水、垃圾。"

最好别爱我："高山之所以屹立不倒，是因为有群峰支撑。"

最好别爱我："你过不了这一关，人就只能倒退。一年不如一年。"

头发乱了："那你说我该怎么办？"

最好别爱我："我想，人首先是一个生命，有了这个载体，有的为肉体而活，为种种欲望；有的为感情而活，爱情至上呀！有的为意志而活，有的为理想而活，有的为信仰而活。而更多的，则是为社会、为他人而活。"

头发乱了："嗯。"

最好别爱我："对于任性的男人，将就一下他。"

头发乱了："将就？"

最好别爱我："做他的母亲、姐姐。"

头发乱了："？"

最好别爱我："像母亲一样勤劳，像姐姐一样宽容。给他安慰，给他笑脸，给他洗衣，给他叠被。"

头发乱了："可他打了我。"

最好别爱我："宽容，学学庄子。"

头发乱了："庄子？知道一点。"

最好别爱我："哲学家。他的思想，最大的特点就是宽容。假如刺刺伤了你的手，你应该高兴才是，幸亏它没有刺中你的眼睛；假如你的丈夫背叛了你，你应该高兴才是，幸亏他没有背叛你的祖国。"

头发乱了："可我觉得，这样生活，实在没有什么意义。"

最好别爱我："只要活在这个世界上，不管衰老、病痛、穷困和监禁会给人带来怎样的烦恼和苦难，比起死的无意义来，就像天堂一样幸福。所以，我的朋友，要好好活下去。"

最好别爱我："当然，如果他实在要走，那就好合好散。"

头发乱了："我不行。"

最好别爱我："席慕蓉说过，如果不得不分离，也要好好说一声再见。"

头发乱了："看得出，你文学素养还很深。"

最好别爱我："年轻时候梦想过，做个诗人，流浪天涯，写诗为生。"

头发乱了："多好的理想！好像年轻人都有过。"

最好别爱我："是的，后来，就给生活所庸常了。"

头发乱了："你现在的理想是什么？"

最好别爱我："好像说不上理想，要有，就是在做好工作的同时，累了，倦了，心烦了，找个知心的人，说说话。"

头发乱了："这样的理想倒不是空想。"

最好别爱我："也许。"

头发乱了："你知道昭通吗？"

最好别爱我："听说过，那里有个作家群。"

头发乱了："你喜欢他们的作品吗？"

最好别爱我："喜欢，我特喜欢夏天敏的《好大一对羊》，羊的命运在无形的官场里坠落。"

最好别爱我："不过，我更喜欢他最近发表在《当代》上的《土里的鱼》。"

头发乱了："还有个雷平阳……"

最好别爱我："他也不错的。他最近的《澜沧江在云南兰坪县境内的三十七条支流》引发网上争论。"

头发乱了："你懂得真多。"

最好别爱我："……你，你知道他们吗？"

头发乱了："知道，我也读过他们的一些作品。你是作家吗？"

最好别爱我："不是，我只是个爱好者。"

最好别爱我："我觉得，诗歌的美丽在于唤醒内心的浪漫，散文的精彩在于呼应心灵的回声，小说的神韵在于延伸生活的憧憬。读一点书，会让自己的灵魂得到拯救。"

他们谈了很多。等头发乱了在聊天模式上打出一次又一次的错字，最好别爱我提醒她是不是疲倦了，要是那样就休息去。头发乱了看到电脑显示器上显示的时间是凌晨四点五十分。

最好别爱我："学会放弃，把影响你生活的情绪和事全都放下。"

头发乱了："谢谢你。"

最好别爱我发来了一壶茶，接着伸出一个大拇指，旁边一行字："相信你是最棒的！"那朵朵茶芽或沉或浮，纤细的绒毛轻轻荡漾，姿态奇异。头发乱了感觉到有一缕甜蜜荡漾在她的心头。

头发乱了就是在那一个时候，对 QQ 有了刻骨铭心的感觉。

六

这次在 QQ 上相见，头发乱了直言她对最好别爱我的看法。

头发乱了："其实我觉得你不像是个种地的。"

最好别爱我："那我像干什么的？"

头发乱了："凭你说话的水平……"

最好别爱我："你小看我们种地的，不理你了。我们整天面朝黄土背朝天……"

头发乱了："对不起，我不是那个意思，可你总得给我一个相信你的理由，你既懂官场生活，又懂文学；既喝茶，又喝咖啡。不是我说，我们的农民还很贫穷，还达不到你那生活水平。"

最好别爱我没有说话。

头发乱了："你在哪里种地呢？"

最好别爱我："离你很近，但也很远。"

头发乱了："等于没有说。"

最好别爱我："其实我也并不羡慕公务员。"

头发乱了："我知道你很有钱。"

最好别爱我："不是。我觉得，一个人还是自由一些好，无论钱多钱少。"

头发乱了："你说得很好。"

最好别爱我："我送你几句话：不论当官与否，健康就好；不论发财与否，平安就好；不论顺逆几多，充实就好；不论是否常聚，相知就好；不论你在哪里，快乐就好。祝天天快乐。"

头发乱了送了一个图。那图画面感很强，从一个可爱而美丽的女孩子的头上，不断地蹦出谢谢两个字。

头发乱了："我们单位还流行一个很好的手机短信。"

最好别爱我："你说来听听。"

头发乱了："手机号？"

那头犹豫了一下，送了一个手机号过来。头发乱了一看，那号码不错，尾数里有两个8，从区域上看，是个外地手机。

最好别爱我："上你的当了，都把号码给你了。"

头发乱了："你这号码又不是处女。"

说着，她用自己的手机发了一个信息过去。内容是：心胸窄的气死，智商低的愁死，胆子小的吓死，酒量小的醉死，只有像你这样全能型的领导才会让同人们美死。

头发乱了："够义气了吧？老大。"

那边打出了"谢谢"两字。

最好别爱我："人在官场，身不由己。"

头发乱了说："哦，你还是领导哪！"

最好别爱我："现在的工作难做，负点责更是艰难，处处小心翼翼，如履薄冰。"

最好别爱我送上了一壶茶：无论清茶是浓是淡，让清香永驻心间；无论距离是远是近，让记忆彼此永远；无论联系是多是少，让祝福永不改变。

头发乱了的心酥了。

七

最好别爱我每次送的都是茶，而不是那些冒冲冲的网络漂汤油，聊不了几句，就又是说爱又是送玫瑰。虽然最好别爱我说过那样的话，但也只是偶尔一句，且说得很得体，并不露骨，也不肉麻。

这次摆在头发乱了显示屏上的是一杯咖啡。

头发乱了："你总是很会生活。"

最好别爱我："过奖。"

头发乱了："谢谢你，你这咖啡，是哪门子货？"

最好别爱我："很好呀。这是意大利的易正咖啡。"

头发乱了："我对咖啡可不了解。"

最好别爱我："这是意大利精选的咖啡原豆、传统的意式烘焙、稳定的研磨、标准 7 克定量滤纸封装，每一片再经过铝铂袋加压氮气包装，保证新鲜每一杯。"

头发乱了："你是不是个咖啡广告商？"

最好别爱我："就算是吧，因为我爱。"

头发乱了："在我们这样的小城，咖啡好像还很少有人饮用。"

最好别爱我："你们那里有咖啡馆吗？"

头发乱了："好像没有。"

最好别爱我："饮用咖啡从一种时尚演变到一种生活方式，咖啡馆可以说是起到了至关重要的作用。咖啡馆的出现最终推动了咖啡的流行和传播，也最终使咖啡的饮用成为世界上很多地方最基本的一种生活方式。"

头发乱了："哦。"

最好别爱我："水城威尼斯在 1683 年出现了意大利的第一家咖啡馆——'波特加咖啡馆'。这个咖啡馆至今已经有将近三百年的历史了，如今还是门庭若市，生意兴隆。"

头发乱了："你一定到过的。"

最好别爱我："嗯，没有。"

头发乱了："中国有吗？"

最好别爱我："咖啡传入我国的历史并不长，直到 1884 年咖啡才在我国的台湾省首次种植成功。在祖国的大陆地区，最早的咖啡种植则开始于云南。20 世纪初，法国传教士将第一批咖啡树苗带到云南的宾川县，从此开始了大陆地区的咖啡种植。"

头发乱了："咦，真的？好像没有听说过。"

最好别爱我："喝咖啡，真的是一种享受。"

头发乱了："我还不知道怎么喝呢。"

最好别爱我："以 92 度的水温，8~9 磅的压力，把水压过已经磨成面粉般粗细的咖啡粉，用 25 秒的时间冲煮成一杯约 30 毫升的咖啡，所有咖啡粉的香浓美味，便完全融合在了这小小的 30 毫升溶液里了。"

头发乱了："哦，你连这些都弄得很准确！"

最好别爱我："一杯完美的咖啡，表面会覆盖着一层浓郁的赤红色克丽玛，从它的颜色、厚度及纹亘，行家便能判断这是否是一杯上好的咖啡。"

头发乱了："你很在行的，怎么喝才出味呢？"

最好别爱我："你可以按照自己的喜好加适量的白糖，不过，女性还是少放白糖。轻轻搅拌后，把咖啡端到鼻子前闻一下。这个时候，你会感觉到咖啡的香沁人心脾。"

头发乱了："我好像嗅到咖啡的香味了。"

最好别爱我："好了，现在你浅尝一口表面的克丽玛，再次感受一下它的味道，然后一口把它喝尽，尽情享受它的狂野豪情。"

头发乱了："我真的感觉到咖啡的美味了。你对这些都很有研究，你知识面很宽。"

最好别爱我："其实，作为中国人，还是多喝茶。它可是世界上最好的饮料。"

头发乱了："我常常喝茶，但我不懂茶。"

最好别爱我："茶对人有好处。'茶茗久服，令人有力悦志。'"

说起茶，头发乱了一脸的向往："小时候，我们家后的山上，到处都是茶，野茶。家里饭桌上没有菜的时候，也用茶放在油锅里炒炒，或者放在清水里焯一下，蘸点辣椒水，就下饭了。"

最好别爱我："最生态的，多幸福呀！"

头发乱了有些沉醉，她记起了小时候和伙伴们摘带露水的茶尖、爬上树拾茶树菇、在茶林里捉迷藏的片段。她还想到她和当年还是小伙伴的丈夫在一起，手拉着手，在崖边上摘茶花。他垂直掉了五米，挂在岩石间伸出的一棵古茶树上。当她哭着回到村子里，将村子里的人叫到山上时，他早已自个儿下了崖，撵着羊子回了家。

最好别爱我："不知道以后有没有机会见到那样的景致。"

头发乱了:"人生这样漫长,应该会吧。不过,我也多年没有回家了。听说,那里的原始茶林,给一个集团公司买下,搞成了产业,很暴发。"

　　最好别爱我:"哦。"

　　头发乱了:"我们家乡,茶本来很贱的,现在贵了。"

　　最好别爱我:"哦。"

　　头发乱了:"你见过茶树吗?"

　　最好别爱我:"没有真正见过。但好像《茶经》里说过,其形像瓜芦木,叶片好似栀子叶,花冠似白蔷薇,种子如桐树籽,蕾蒂如丁香,根如核桃。不知是不是这个样子。"

　　头发乱了:"你说的都很文气,很具体,也很像的。"

　　最好别爱我:"茶树犹如一位美丽的女子,需要精心呵护,才能保持美质。"

　　头发乱了:"你知道,茶有多少种呀?"

　　最好别爱我:"从色泽上来讲,应该有绿茶、红茶、乌龙茶、黄茶、白茶、黑茶几种。"

　　头发乱了:"怎么区分它的好坏呢?"

　　最好别爱我:"我想,应该从它的外形、香气、汤色、滋味、叶底几个方面来看。"

　　头发乱了:"你是个茶叶专家!"

　　最好别爱我:"过奖。"

　　头发乱了:"你喜欢什么茶?"

　　最好别爱我:"我喜欢绿茶……还有云南的普洱茶,但我没有喝过。"

　　头发乱了:"你懂茶艺吗?"

　　最好别爱我:"我知道乌龙茶的做法。"

　　头发乱了:"嗯,你说说。"

最好别爱我:"乌龙茶的做法有十五步:备器候用,倾茶入则,鉴赏佳茗,清泉初沸,孟臣淋霖,乌龙入宫……"

头发乱了做了个鬼脸:"你真的是个种地的,了不起。"

最好别爱我:"对不起,有卖弄之嫌。"

头发乱了:"不不,你很了不起,喜欢你这种有知识的人。"

头发乱了:"你想喝普洱茶吗?"

最好别爱我:"当然想。"

头发乱了:"你会有机会的。"

最好别爱我:"能给我你的真实姓名吗?"

头发乱了:"以后吧,耐心一点,朋友。"

八

头发乱了有了精神上的慰藉,心情也就好了很多。而她有了和最好别爱我的虚拟交往后,对丈夫便有了一些愧疚。近来,她有些一反常态。常常在自己单位里工作不忙的时候,早早地离开单位,到商场为丈夫挑衣物用品,到菜市场买菜,回家照着菜谱,一样一样地给丈夫做吃的。还主动打扫卫生,洗衣服。以前这些事情,她都是交给钟点工的。这样,丈夫就一脸的惊讶。

丈夫说:"太阳从西边出来了。"

她说:"以前没有给你当好妻子,从现在吧。"

丈夫说:"谢谢你了。"

她说:"只要你不嫌弃我。"

丈夫说:"怎么会呢,怎么会呢。"

丈夫说得有些心不在焉,她便更是感觉到自己的职责没有尽到。

她给他做吃的。什么天麻乳鸽汤、枸杞芝麻牛肉汤、姜汁鳊鱼、柏籽仁炖猪心，她还知道男人需要的七种武器是维生素 A、维生素 B_6、维生素 C、维生素 E、高纤维、镁、锌，她就专捡含有这些东西的菜买。

丈夫对她的变化表示理解，有空他就回家和她一起共进晚餐。但这样的时候越来越少，丈夫公司里的事情越来越多，常常夜很深了才回家。丈夫说这段时间是关键时期，市长刚换，政策有变，目前公司面临着很大的机遇与挑战。头发乱了也表示理解，她知道一个男人要成就大业，就需要这样的付出。

丈夫在很深的夜里才回家，回家倒在床上就睡。有时却通夜不归。

九

头发乱了在研究自己的病。她独自走遍了这个城市的每一个角落，找遍了所有的医生。她和他们交谈，她把自己拍的片子全都带在身边，给他们看，请他们谈他们对治疗这种病的意见。这一段时间以来，她学到了很多东西，关于女人，关于男人，关于生育的。

晚上，丈夫不在的时候，她就上 QQ，她和最好别爱我交谈，谈婚姻，谈生育。最好别爱我对西医懂得好像更多。

头发乱了一上 QQ 的时候，他就给她送上一束玫瑰，有时是含苞绽开，有时是红艳得醉人。

最好别爱我："想你了。"

头发乱了："我也是。"

最好别爱我："你有视频吗？我想看看你。"

头发乱了："……算了吧，我很丑的。"

最好别爱我："我不在乎，我觉得你是天下最美的女人。"

头发乱了:"也许是。不过,还是给你留个美好的印象吧。想象是世间最美丽的。"

最好别爱我:"那,你给我发张照片也行。"

头发乱了:"非要这样呀,说不定一看照片,就会发觉我们本来就是夫妻、父女、邻居、同事、朋友……你怎么收场?那多滑稽呀!"

最好别爱我:"至于吗?我们会这样不幸吗?"

头发乱了:"难说。"

最好别爱我:"也好。那我们换一个话题吧。"

头发乱了:"你知识面很宽的。你说吧。"

最好别爱我:"我们说说中医。"

头发乱了:"你为什么对中医这样感兴趣?"

最好别爱我:"中医兴亡,匹夫有责。"

头发乱了发出一个惊喜的表情。

最好别爱我:"在平常人眼里,中医是用来治死不了的人的,但其实不是。"

头发乱了:"嗯。"

最好别爱我:"但用它来区分天下的病,就很简单。"

头发乱了:"怎么个简单法?"

最好别爱我:"发热和不发热两种病。"

头发乱了:"就是这样简单呀?"

最好别爱我:"就像世间的男人和女人的区分一样简单,发热的可以归纳在伤寒病里面,不发热的就叫杂病。"

头发乱了:"那我这属于杂病?"

最好别爱我:"你心里不要有负担,这不叫病。特别是中医,讲究的是心情。你没有病,却时时想着自己的某一个地方出了问题,那真的就会病的。你有病,但你心情愉快,想着这根本算不了什么，那即使病了，也容易治好。"

头发乱了："是吗?"

最好别爱我："中医还讲究天人合一，就是天地在变化，人也要跟着变化。"

顿了一下，最好别爱我："你的事，要从月经开始治理。"

头发乱了："为啥?"

最好别爱我："女子属阴。明朝张景岳说：女人是'女子以血为主，血旺则经调而子嗣。'"

最好别爱我："以中医治疗更好。"

头发乱了："怎么治呀?"

最好别爱我："从经色上辨其寒、热、实……"

头发乱了："那你看看我的怎么样。"

最好别爱我："我看不见，我就凭空说吧。"

头发乱了："你说说看。"

最好别爱我："女人身上有一种液体，与唾液、汗液、血液、尿液无关，是无形之水。"

头发乱了发了个做鬼脸的 QQ 表情。

最好别爱我："古人称天癸，或元精。"

头发乱了："哦。"

最好别爱我："要把它调理好，要补脾胃，要养肾。"

头发乱了："?"

最好别爱我发了一个含有当归、芍药、白术、茯神、甘草、柴胡、丹皮、栀子的药方过来。

头发乱了："那接着呢?"

最好别爱我又发了一个崩漏去血过多的方子过来。

头发乱了："再呢?"

最好别爱我："要是你有了，但胎动不安，就用凉胎饮。"

最好别爱我接着发过的方子是生地、芍药、当归各二钱,黄芩、石斛一钱,茯苓钱半,甘草七分。

最好别爱我:"要是你怀上了,一定要节欲,以免扰动胎元。"

头发乱了:"你说的这些药我都买不到。"

最好别爱我:"这样,我看看再说。"

十

头发乱了对中药也逐渐有了些研究。以前她不懂,总以为中医是骗人的东西,一点树根草叶,一点虫鱼的尸骨就可以医病,简直有点天方夜谭。现在她理解了,她明白了,她相信了。她还知道,就是一些比较平常的根叶,就可以治很多疑难杂症。当她在《本草纲目》里看到李时珍用白术煎汤漱口,就可以治牙在口里不停地生长、以至于进食都困难的髓溢病、看到刘力红只用三副黄芪建中汤就治好了先兆性流产,她对中药便开始信任了。

自己的不孕症,真的可以用中医来治,而且能治好。最好别爱我是这样说的,而且她也是这样认为的。她有这个信心。

这天,天气晴得十分的好。她的心情也很好,她要上医院去找一味药,并想请教医生两个怀孕方面的问题。本来最好别爱我说那一味药他可以用航空快件寄来,最多三天就可能收到,但她还是觉得这样不好,最好自己去做,何况这里的医院里也有的。她穿上很久没有穿的吊带背心和真丝淡绿色短裙,上身外套了一件高腰短袖衣。要是以往,她每每穿着打扮的时候,丈夫就在旁边看着她,告诉她哪件好看哪件不好看,常常还会在她春光乍放的时候来纠缠她一阵子,噘着嘴,在她特别的地方咂上一小口。现在没有了,很久以来这样的事情就没有了,丈夫忙,丈夫事头多,特别是医院明确地下了她输卵管堵塞和尖角子宫的结论后,丈夫对她就越来越冷，三五天不回家是常事。她也有自知之明，她想，他心里也不好受，就由着他吧。

在这期间，丈夫曾提出过一次离婚。丈夫提出离婚的时候，一脸的泪水。这样的泪水，只有在当年他们恋爱的时候，头发乱了提出分手的时候见过，此后便再也没有见到他的这个样子。现在丈夫要离婚了，而且是这个样子，她心里难受。

她说："你为什么要这样呢？"

她的问题其实很含糊，但丈夫心知肚明。丈夫说这是他父母的意见，他在家是独子，他从来没有反对过父母的意思，虽然他在事业上飞黄腾达。

丈夫说："我舍不得你。"丈夫说这话的时候，从后背紧紧搂着她。

她知道丈夫内心真的很矛盾。但她还是说："我不会离给你的，哪怕你父母再怎么样。我还想看一看，我的病到底能不能治好。"

现在，小区里的夜灯照耀得她一脸的橘红。这一段时间以来，她服了很多中药，那些中药方子，都是她和最好别爱我在 QQ 上交流的结果。她也曾把这些方子拿给中医院最有名的医生看过，好像他们都没有什么意见，但对治疗结果都不置可否。一段时间以来，她的屋里整天弥漫着一股浓浓的中药味。

老转领着儿子在小区里玩。见她走来，老转忙让儿子叫她阿姨。儿子很乖巧地叫了她一声。

她说："老转，你也搬进来了？"

老转脸红了一下，说："没，没有，我趁周末，天气好，让儿子来看看你们小区里的生活，要他好好读书，长大以后也搬进来，有和你们一样的生活。"

她说："哦……"

她本来想和老转说，你怎么能这样教育孩子。可她话刚要出口，一下子又觉得不该打击他。人生活在这个世界上，有很多向往，有很多追求，比如自己，难道不辛苦吗？

她说："我还有点事情上街，你们玩吧，我回来领你们上我家去玩。"

老转忙说："不必不必，你忙你的。"

头发乱了来到医院，这里熙来攘往的人流让她心里感慨。这老的少的、高的矮的、贫穷的富有的全都在这样一个地方走出走进。她也成了他们中的一员。几年来，她和丈夫没少从这道门中出入，她不知道在这样的地方还要出入多少年，但是她有信心，要不了多久，她就应该在这里生出自己的理想的小宝宝。

在妇产科门口，头发乱了的眼睛一亮。他看到了一个人。那个人是她的丈夫。他不是一个人，而是两个人，另外还有一个像是企鹅样十分笨重的女人被丈夫挽在了臂里。头发乱了一下子定了格。

他们朝她走来，她在那一瞬立即侧过身往大门的后面靠。她不想惊动他们，她不想让他们看到她。好像她才是做了别人见不得的事情一样。她站在门后，看着他们从自己的身边，一步一步、缓缓地从她面前走过。她再一次毫不犹豫地确认那就是自己的丈夫，一个很忙的丈夫，一个曾经对自己信誓旦旦、海誓山盟的丈夫。同时她再一次对他们的关系做了判断：是朋友、亲人？还是陌路相逢伸手援助的陌路人？她从丈夫对那女人亲昵的样子里，不再犹豫地判断出他们关系的非同寻常。她看着他们渐渐远去，居然没有一点要追上去撕打叫骂的意思。

十一

又过了很多天，头发乱了再上QQ，但她没有看到最好别爱我，接连几天，最好别爱我都不在。头发乱了便很想他，心里就像是什么东西给拴着,在远远的、无形的地方牵扯着,不是很刻意,但绝不是漫不经心。不是很有力,但怎么也甩不脱。她几次按下上次他给她的电话号码,又几次放下,轻轻地叹气。

最后她还是拨通了那个电话:"你好。"

那头犹豫了一下,说:"你好,是你呀!"

头发乱了:"听出来了。"

最好别爱我:"你的声音很美,很甜。"

头发乱了:"真的吗?"

最好别爱我:"真的。你……有事吗?"

头发乱了:"怎么,没事就不可以给你打电话吗?"

最好别爱我连忙说:"不是不是,你让我很意外。"

头发乱了:"我遇见了一件麻烦事。"

头发乱了听到他往另一个地方走动的声音。

最好别爱我:"什么事?"

头发乱了:"我……我不好说。我说不出口。"

最好别爱我:"那……那,晚上,QQ 上谈,好吗?"

晚上,他们在 QQ 上相见。最好别爱我吻了她一下,她感觉到那样的自然和温暖,那样的久违。她很惬意,她闭上了眼睛。

最好别爱我:"你说话呀。"

头发乱了:"我听你说。"

最好别爱我:"知道我在做什么吗?"

头发乱了:"不知道。"

最好别爱我:"给你五个选择:请你回答。"

头发乱了:"你说。"

最好别爱我:"一、想你;二、很想你;三、非常想你;四、不想你不行;五、以上都是。"

头发乱了想了一下:"我选三。"

最好别爱我:"错。"

头发乱了:"怎么了?"

最好别爱我:"全选呀。"

头发乱了:"中了你的圈套。"

最好别爱我:"我真的好想你,我在梦里也想着,什么时候有机会,给你乱了的头发理顺。"

头发乱了:"是吗?"

最好别爱我:"这么长时间了,你难道还不知道我对你的情意。"

头发乱了:"你对我有什么情意呀?以前可没有听你说过。"

最好别爱我:"一直很想说,可我不敢说。"

头发乱了:"那你就说吧。"

最好别爱我:"真的我一直很想你,我一直在想你头发乱了时的迷乱状态。"

头发乱了:"嗯。"

最好别爱我:"你的脸,你的眼,你的鼻,你的嘴……"

头发乱了:"我可是个丑八怪。"

最好别爱我:"不,我已经感觉到了,你颀长而白嫩的颈,你瘦弱而让人怜爱的肩,你的柔软而纤细的腰……"

头发乱了:"……"

最好别爱我:"我感觉到你的气息了,你鼻翼里流出来的气息,带着芳香,带着轻微的颤动。"

头发乱了:"……"

最好别爱我:"亲爱的,我感觉到了你肌肤的温暖,淡淡的,温温的,滑滑的。"

头发乱了:"……"

最好别爱我:"亲爱的,你感觉到了吗,你感觉到我在吻你吗?"

头发乱了:"……"

最好别爱我:"我将你我的长发轻轻分开,我吻到了你的额头。"

头发乱了:"……"

最好别爱我:"我吻到了你的眼。"

头发乱了:"……"

最好别爱我:"我吻到了你小巧的鼻翼。亲爱的,你的唇呢,你的唇在哪里?你不要回避。"

头发乱了:"我没有。"

最好别爱我:"哦,亲爱的,我吻到了你的唇,我好高兴,你的唇湿漉漉的!"

最好别爱我:"……"

头发乱了不再说一句话。最好别爱我也不再说一句话。屏幕上一片安静。

过了很久,头发乱了:"很久没有这样的感觉了。"

最好别爱我:"我真幸福,我们要天长地久,是吗?"

头发乱了:"是的,我们要天长地久!"

十二

他们离了婚,是她提出来的。这样的事,他们反复想了很长时间。

到了不得不分手的时候,她再一次和丈夫面对面坐在他们生活了很多年的家。此前他们在一起的很多日子,从来就没有这样正襟危坐,他们相拥相依,耳鬓厮磨,说不尽的甜言蜜语,享不尽的恩恩爱爱。可是现在,他们这样面对面,就有了生分,有了谈判的样子。

是丈夫先说话。

丈夫说:"对不起你,我这个人比较守旧。"

丈夫说:"我们家父母都要求我要传宗接代。"

她说:"我理解,所以我觉得我们还是果断一些好。"

她说:"你已经另有所爱了,就别无选择。"

丈夫说:"那你咋办?"

她说:"你觉得我嫁不掉吗?"

丈夫说:"我不是那个意思,我……"

她说:"爱是不能挽回的,也许婚姻可以,但爱不行。"

她还说:"要爱可以有一千条理由,要不爱只有一条理由。"

他站起来,说:"我们的爱死亡了?"

她说:"这还有疑问吗?"

他好像有很多什么话要说,但她用了一句斩钉截铁的话就将那些多余的话全都挡了回去。

她说:"如果有缘,就等来生吧!"

十三

头发乱了把这个消息告诉给最好别爱我的时候,一脸的平静。QQ 那边的最好别爱我停顿了一下,说:"我给你擦擦眼泪。"她居然笑了。她说:"没有,我不会哭,我也没有眼泪。我只有笑。"最好别爱我说:"真的,你别骗我。"她说:"你要相信我。只是我很想见你。"

最好别爱我:"我们有必要见面吗?"

头发乱了:"有的,不过不是现在。"

最好别爱我:"那什么时候?"

头发乱了:"你给我一年时间,我会有惊喜的东西送给你。"

头发乱了:"现在你可以告诉我你的真实名字了吗?"

最好别爱我:"张生。"

那以后的日子里,头发乱了都显得精神,自信。重新做了头,脸上打了目前较为时尚和可贵的粉。进了单位,老转说:"咦,你是离婚以后第一次这样精神呀,有外遇了吗?"

头发乱了:"老转,你的经验太丰富了,我刚谈了一个,就给你知道了,你在哪看见的?"

老转:"厉害,厉害,人精神一好,思维也就活跃了。"

十四

一年后,他们在网上约定了见面的时间。地点当然是头发乱了所在的城市。

约定见面的时候终于到来,那是一个比黄昏更进一层的时间。空气虽然流动,但始终还是有些稠重,有些黏糊。夜色里飞来飞去两三只唱着歌的蚊蚋,但没有一只是最好别爱我。头发乱了站在清寂无人的一条街边的一棵柳树下面。那里是她和他约定见面的地方。对面高楼里有一家夜总会,旁边还有一家很有些规模的电脑屋。这个时候,夜刚刚开始,往里走的人很多,大多是些年轻人。她远远地看着他们兴高采烈的样子,禁不住就笑了。

微风吹过,她的头发轻轻动了起来,那种温柔的抚动让她感觉到十分惬意。为了和他见面,为了让自己在他的面前呈现出比意料更好的形象,她找了一家做美容美发最好的美容院,在那里整整弄了五个小时,将她原来黑亮的头发染成亚麻色,将原来长长的头发剪短、造型。临近黄昏,效果出来了,她站在美容院宽大的镜子面前,居然不敢相信里面的那个时尚而美丽的女人就是自己。此前，她曾几次要染发烫发，却都给丈夫阻拦住了。丈夫虽然是在生意场中有着全新的理念，但对于她，要求得还是很传统。她想，丈夫真的无福消受她的另外一种美，此生此世。

她站在那里，很有耐心的。她知道，他从很远的地方来，即使迟到一下，哪怕是一两个小时，或者是一两天，都是可以理解的。她现在的德性，已经变了，由原来的浮躁变得冷静了，由原来的幼稚变得成熟了。她好像是陈年的普洱茶，陈香漫过久远的岁月；或者是代代相传的中医，现在终于有了些火候。她站在那里，孤独的，却没有寂寞，无声的，却分明又是一支旋律。

她想，这样一个夜晚，一定会有很多故事要发生。

背后有人叫了她一声。她吓了一跳，神情紧张。回过头来一看，一个重叠的影子向她这面倒了过来。她忍不住叫一声"妈呀。"那人忙说："对不起对不起，我是老转。"老转连忙要骑在他脖子上的儿子叫阿姨。她这才松了一口气，说："我以为是谁，你们爷儿俩，吓死我了。"

老转连说："对不起。"她回过神来，说："你们这是要到哪里去？"

老转说："我送他到网吧。"

她伸出手在儿子脸上摸了一下说："干什么呀你？你这不是害了儿子呀！"

老转笑笑说："也不，这电脑呀，合理使用是开发智力的，我看你们不是天天都在上网吗？"

她说："那为什么不在家里，网吧里多不安全。"

老转有点不好意思，说："家里经济上还有些困难，买不起。"他觉得进网吧一次就几块钱，这样分散给钱，对他来说还能承受。

她说："你这儿子是掌中宝呀！"

老转再次嘿嘿地笑,然后让儿子和她再见。

终于,那边缓缓驶过一辆小车来,黑的外壳,黑的玻璃窗,黑的车轮,车后还有一条黑而模糊的车辙。那小车走到离头发乱了还有五十米远的地方,停了下来。

除了时间晚一点,原来说过的地点和见面的方式都没有变,只是头发乱了还不出场,她还躲在那一棵柳树的后面,静静地揣摩将要发生的一切。她将头抬起来,看着天空。天空深邃,蓝里沁黑,星星大大小小、稀稀密密地簇拥在天的深处。

那边显然有些等不及了。熄了的火发了起来,熄了的车灯一下子亮了起来。

头发乱了的手机响了一下,她知道是信息来了,打开一看:"亲爱的,你在哪里,我找你好苦。——最好别爱我。"

头发乱了将手机里原有的一个信息调出,做了适当修改,快速发过去,然后理了理头发,从树后站了出来。那个信息的内容是这样的:

手机突然打战,小猪肯定要看,猪蹄轻轻一按,一看又是炸弹,气得浑身冒汗,猪腿到处乱窜。小猪你真笨蛋,想要笑容灿烂,请你抬头看看。

那人把头伸了出来,朝这边张望。头发乱了朝他挥了挥手。他快速钻出车门,大步朝她走来。

那人和想象中的样子差不多,高高的个子,戴个眼镜,梳得很整齐的头发,好像还打了摩丝,有几缕头发在夜的灯光下闪闪发亮,只是人不像是QQ形象上的那样瘦,他有些胖,这样就显得更庄重,更实在。头发乱了感觉到了一种虚拟渐渐变为现实,一种空洞变得踏实。

最好别爱我在那样的夜色里走了过来。借着昏红的路灯，头发乱了看到他一脸的笑，很和蔼，很诚恳。透过镜片所流露的目光很深邃，很沉着。他看她的目光很稳定，很专一。他没有头发乱了想象中的那样，一见面就张开双臂，将她紧紧搂住，然后狂吻一气，直到天翻地覆，而是很有礼貌地伸出宽厚的右手握着她柔嫩的手，说了一声："你好。"

　　他为她打开车门，让她坐上，然后自己才坐到驾驶位上，发动车。他按照她指点的路线，朝着城市的另外一个方向驶去。

　　她说："你走了很长的路吗？"他说："是。"她虽然目光一直看着前方，但她还是感觉到了他对她的关注。放在她旁边的一个什么包掉了下来，她伸手一摸，是几本书。她一一拾起。借着昏黄的灯光，她一看，一本是《中国茶礼大全》，一本是《中医与妇科》，而另一本则是《爱情辞典》。她笑了，说："你还很用功的。"他开着车，有些猝不及防，说："哪里，哪里。"

　　她把他领到一个叫作云嘉咖啡店的地方。这个店子不大，但走进去，便有一种十分温馨的感觉扑面而来。里面灯光柔和，很安静，好像除了服务的两个女孩子，就再也没有其他人。这样的环境很好，这一定很适合最好别爱我的需要。

　　他们坐下。她说："来点什么？咖啡？"

　　他说："你说了算。"

　　她说："我请你喝云南小粒咖啡。"

　　不一会儿，女孩子把咖啡端了上来。她为他加糖，加奶，然后轻轻搅动。她说："你请我喝意大利咖啡，我就请你喝云南小粒咖啡。"

　　他脸红了一下。

　　她说："虽然是本地特产，但这东西不错。你来这个地方，还是让你领略一下我们本土的东西。"

他笑笑，说："谢谢。"

她说："这是云南蔓佰莉小粒咖啡时尚组合中的咖啡。是'阿拉比卡'种子的云南小粒咖啡豆。这种小粒咖啡豆可以与哥伦比亚咖啡豆相媲美，其特有的酸味、甜味、苦味淋漓尽致地勾勒出来，留给人们的是其独特的浓而不苦、香而不烈、略带点果味的风味。"

他说："你也懂咖啡！"

她笑了笑，说："懂一点，云南的小粒咖啡豆种植历史长达100多年，种植面积达34.6万亩，种植从业人员多达20多万，曾经风靡一时，销往青岛、天津、北京和上海等国内大中城市，还销往韩国、日本、美国、泰国等国家和地区。"

他说："原来你是装不懂？"

她再次笑了一下："云南省南部和西南部的热带、亚热带地区以及低热河谷地带均适宜种植小粒种咖啡。云南所产咖啡均为小粒咖啡，颗粒均匀饱满、味醇和，香气高，出口颇受欢迎。"

她一边给她说，一边煮咖啡。不一会儿，咖啡的香味就弥漫了整个屋子。他吸了吸鼻子说："好香呀。"她给他倒了一杯。他嗅了嗅，慢慢地抿了一口。

她说："其实我不懂，是你教了我的。在这一年多时间里，我的最大收获是，除了跟你聊天，其余时间就是鼓起勇气好好生活。"

他说："我是无心插柳。"

她说："我知道。网上的话，谁也不会把它当真。"

他说："那我怎么就会感动你了？"

她说："你说得好听，你用你的知识打动了我。"

他说："可是……"

她说："我鼓起了生活的勇气。我开了这家咖啡屋。"

他说："哦?"

她说："我还研究了茶。"

他说："你真了不起。"

一会儿的暂停。他们相互对视，她从他深沉的眼眸里，看出了一点点局促不安一闪而过。

她说："你这次来，还想有什么吗?"

他说："你说过，让我喝云南普洱茶的。"

她说："那肯定的。"

这一间咖啡屋的窗，向着的是一片辽阔无边的夜色。背对着窗的最好别爱我，回过身去掀开软柔的窗幔，透过远处的一点点灯光，看出去像是一片稻田。他说："有蛙声传进来了。"

她说："喜欢吗?"

他说："我仿佛已经融化了。"

他说："我想喝普洱茶。"

她笑了，说："你就不能慢一点吗?"

他说："人生最快意的就是享受，这么美好的夜里，我真的不想让它来得太慢。"

她让服务女孩将咖啡杯盏撤去。换上一套茶具，端来一盒茶。她说："普洱茶，是一种缓慢的艺术。你要有耐心。"

他点点头，又说："现在这个时代，很浮躁，包括我。"

她还是笑。她说："普洱茶之所以闻名遐迩，全因其有独特的品质。你知道它的品质吗?"

他摇摇头。

她说："香、甜、甘、苦、涩、津、气、陈。其味其色包容了整个生命的流程，讲究的是无味之味，越陈越香。"

他说："你这话好像和情感有些相通。"

她说："是友谊和爱情。"

她说后两个字的时候，语气有所加重，似乎有意是让他感觉一点什么。

　　她从茶几上取出紫砂壶，用开水温了又温，然后用一把竹刀将盒里的茶取出一块，放入壶中。然后悬壶高冲，加入沸水。

　　他说："你的动作很美，舞蹈一样。"

　　她说："我用了一年的时间来学习它，但只知一点皮毛的。"

　　他说："你这泡茶的过程，本身就是一种艺术。"

　　那沸水漫了出来，有些汪洋恣肆。她纤细的手伸了出来，拇指和食指轻轻拈住了壶盖，平平地沿着水的表面划过。她说："你知道这叫什么吗？"他说："不知道。"她笑了笑，说："这叫推泡抽眉。"

　　如此三次，她才说："可以饮用了。"

　　他接过杯来，依然放在鼻前嗅了嗅，轻轻抿了一下，说："真的好极了。"

　　她说："这是茶中珍品，鸟中凤凰。可它是要经过漫漫岁月的发酵过程，才能成就枝头凤凰。"

　　轮到他说"哦"的时候了。

　　她说："我们这个地方，有个名声传得很远的叫作阮殿蓉的人，你知道吗？"

　　他说："听说过。"

　　她说："她说过一句话，普洱茶，是时间的重量。"

　　他说："我听说过，普洱茶里，有一种茶叫作女儿茶的，'味淡香如荷，新色嫩绿可爱'，芽子上有一层薄霜的。"

　　她说："你想？"

　　他点点头。

　　她笑："它可是茶中的处女，而我不是。"

　　他连连说："对不起，对不起。"

她说:"这茶,是有品质的,它的品质,贯穿了生死法门,包罗生命历程于这一汤、一色、一味之间。"

十五

她为他开了房间。那房间的后窗外,就有一棵古茶树,在夜色里黑黝黝地挺立着。透过窗,他看见了它。

她将轻薄的帘子拉上,这样,外面就看不到里面发生的一切。而里面,也看不见外面茶树缓慢的生长,茶叶在微风中低低的细语,也只能让心才能感受。

他们面对面站着,却无话可说。

她说:"你说话呀。"

他望着她笑。他说:"你比我想象的美多了。"

她说:"怎么美?"

他说:"你的容颜,你的外表,你的气质。"

她说:"我是个婚姻的失败者,以前的很多网友都以为我生活邋遢、举止粗疏,形容欠佳。所以当我拒绝他们要求我发照片、用视频的时候,便一个个将我踢出了他们的好友名单。……只有你,你相信我。"

他说:"看来我的直觉是对的。"

她说:"我美吗?"

他说:"真的很美,我都找不出更好的形容词了。"

于是,他们互相对视,互相的眼眸里多了些水雾。

很久。

她笑着说:"你不想吗?"

他说:"想,但我不敢。"

她说:"为什么?"

他说："你是艺术，我怕玷污。"

她说："不是，我只是一种再生，在你的面前。"

他望着她笑，那种笑很醇，很厚，很慈祥。她觉得今生今世，好像都没有谁给过他这样的笑，令她感动。他的笑在夜色里弥久而宽阔。她的眼泪都快要掉了下来。她说："你给我说你以前说过的话。"他犹豫了一下，然后伸出双臂，紧紧地搂住她。

他在她耳边轻轻地说："我，我爱你。"

她说："你再说一遍，我想听你再说一遍。"

他说："我爱你。"

她闭上了眼睛，泪水从睫毛上滑落。

她让他去洗澡。走进浴室他才发现，她为他早就准备好了洗浴用的一切。上好的沐浴液，还没有用过的浴巾，日本进口的木屐……他好像有些感动，出来看了看她。

她说："怎么啦?"

他拉着她的手，那手温暖而柔软。

他犹豫了一下，说："我想……"

她笑了，他看见她一口白白的牙齿，像是一排小小的玉石。

她说："你怎么啦?"

他说："我们……我们一起洗好吗?"

她伸手在他的鼻子上刮了一下，说："你坏。"然后站了起来。

她的身体很白。不用看，她就知道他一直在用深情的目光看着她。喷头里的水均匀地洒了下来，淋湿了她的长发，然后顺着她的身上一直往下流。她感到很惬意，很畅快。

水汽弥漫。她看不清他的脸，也看不清他的身体。她在他的紧紧搂着的感觉中，体会到了他的健壮与结实。他的肌肉梆硬，但他的举手投足却是那样温柔。

他吻她。

她一下子仰起头来，说："其实你并不瘦。"

他愣了一下，说："怎么？"

她笑了，说："其实你并不瘦。"

他说："我是不瘦呀！"

她说："你的QQ形象很清瘦的。"

他吻了她一下，那你喜欢瘦，还是胖？

她用脸去蹭了他一下，说："我喜欢你的健壮有力。"

他再一次吻她，这下显得有些火烧火燎。他将她长长的刘海儿分开，吻她的额，她的脸，她小巧的鼻翼，她的嘴，她的脖颈。她闭着眼，体会着他给她早就在网络上就给过的欢乐和快意……

多么美好的夜晚！让人等候已久的夜晚！

十六

两个月过去了，这两个月时间里，头发乱了先是出差，再是下乡，后来是母亲遇到车祸。母亲是被一辆农用车撞倒的，全身大部分骨头都断裂了，手脚的关节全都脱臼，还没有来得及给家人说上一句话，就离开了这个世界。这样的日子里，她是没有时间上QQ的，没有时间给最好别爱我打一次电话。而他也好像没有给她打过一次电话，只是期间的新年来临，他给她发过一个信息："我预订了2006年的第一缕阳光给你，祝你快乐！预订了第一缕晨风给你，祝你顺心；预订了第一声鸟啼给你，祝你心想事成。"她想了一下，给他回了一个："上帝说，只要在春节发短信给十个傻子，就会春节快乐。我的天啊，可是我只认识你一个啊！上帝说，不要紧，你级别高，一个顶十个。"

这样，就过去了很多日子。

有一天，头发乱了忽然想到月经很久没有来了。一下子她意识到自己好像是怀孕了。她连忙上街买了两片早孕试纸一试，果然呈的是阳性。

她满眶含泪。走到宽大的梳妆台前，镜里的她形容憔悴，面色灰白，嘴唇上还起了一层粗糙的壳。她不知道是自己劳累的结果，还是一个小生命在身体内成长给她带来的生理反应。她不知道自己是喜是忧。她不知道这样一个消息，最好别爱我知道了会有一种什么样的决策，她也不知道自己的丈夫知道这个事情后，会持怎样的一种态度，是后悔，是失望，还是无动于衷。

她打开了久违的QQ。

网上最好别爱我处于离线状态，但他给她留了三次言。

第一次是："亲爱的，谢谢你给我温暖而终生难忘的一夜情。"

第二次是："不因换季而不想你，不因路远而不念你，不因忙碌而疏远你，更不因时间的流逝而淡忘你，你永远是我心灵深处的朋友。在这时暖时冷的季节，你要照顾好自己……"

第三次是："亲爱的，你知道樱花能开多久，肯定不能用一生来等候；你知道流星能划多久，肯定值不得追求。我只是天涯一孤客，沧海一浮萍，请你把我忘记……"

头发乱了查了一下时间，最好别爱我留言的时间是和她相见后的第三天。她的脸一下子变得惨白，快速在QQ上打下一连串的文字。

头发乱了："亲爱的，我好想你。"

头发乱了："我好想看看你的样子。"

头发乱了："好想听听你的声音。"

头发乱了："你在吗?"

头发乱了："你真的要离开我吗?!"

最好别爱我没有在，对方的窗口一片死寂。头发乱了就打他的手机。可手机里是电信小姐"对不起,你拨的号码是空号"的回答。

　　头发乱了不知道最好别爱我出什么事了,她到电信局,查了他原来用过的那个号码。可那个曾经给她很多美好向往、美好回忆的手机号码却真的是空号。她问:"以前有谁用过这个号码吗?"电信服务员很忙,只给她说了一个不知道,就通知下一个客户上来。

　　头发乱了回到家里,打开电脑,挂上 QQ,最好别爱我还是没有在。她在百度、网易、新浪、雅虎等网站的搜索里,打上了最好别爱我的名字。出来了很多内容,但那是一句话,一句让别人别威胁自己的话,他又输上那个人给他的名字:张生。

　　里面出来这样一些搜索结果:

　　纵火犯张生:今年 5 月 30 日,重庆市巴南区一品镇乐遥村村民张生在附近村民家喝了三两多白酒,下午 5 时回到家后在自家屋内不停吵骂,其子张新听不惯出面制止,父子发生争吵。张生遂拿出随身携带的打火机并点燃自己屋内的柴草,邻居见状立即将火熄灭。张生不听劝阻,再次点燃柴草,燃起大火……

　　海钓猎手张生:1996 年元旦清晨五时,天蒙蒙亮,昭阳区海钓手张生带领小朝、小周来到金沙江码头。江风呼啸,浊浪冲天,寒气逼人,上船后……张生三年的海钓记录中,既钓获过 13 斤重的大鲈鱼,又征服过长达 1.3 米的白鲵鱼。渔船停靠在渔排附近后,张生等人……

　　主治医师张生:男,57 岁,大专文化,张生美容整形医院院长,主任医院,现任中华医学会广东医学美学与美容学会副主任兼秘书,中华口腔医学会会员,《中国现代医学研究》编委……

　　画家张生:张生油画作品展于今年五一节在群艺馆展出。张生的油画,既有毕加索的风格,又融进了国画写意的优点……

著名作家张生：最后一个发言的就是昭通著名作家张生先生。他的简介如下：张生，男，昭通人，1988年大学毕业。中国作协会员，现居昆明，在《当代》《十月》《人民文学》《中国作家》发表过小说多篇（部）……

这样的搜索结果大约有300多个，涉及名叫张生的至少有近百人，他们分别是纵火犯、教师、医生、画家、艾滋病患者、作家、政府领导、网上通缉犯、果农、巫师、失恋者、学生、教授……面对茫茫人海，她不知道哪一个是最好别爱我，不知道哪一个是曾经属于过她的张生。

心底里一下涌起的胃酸，翻江倒海往上而来，将她的喉管抻得硬硬的。她来不及站起来，酸水就涌了出来。她恶心，呕吐，禁不住的眼泪一涌而出。

她伏在电脑桌上，半天爬不起来。夜风从窗外席卷而入，她原本柔顺的头发一下子迷乱起来。

雪　崩

一

陆小燕从梦中惊醒，一身大汗，而就在这个时候，她的手机响了。

电话是尉一行打来的。那个叫尉一行的男人，十分柔软地问她："小燕，睡好了吗？"

陆小燕说："我没有睡，我在办公室工作。"

那头笑了，笑得很有磁性，很有风度。尉一行没有直接揭穿她，只是说："我就在你楼下，我送你。"

陆小燕没有穿衣服，手里握着还没有关闭的手机，跳下床，轻轻拉开窗帘一角，果然看到尉一行的车静静地停在楼下。那车闪烁着幽蓝的光泽，很豪华。驾驶位上的窗玻璃半开着，一个戴着墨镜的头朝这边张望。

陆小燕吃惊于他对自己的掌握，只好乖乖承认。

陆小燕起床的第一件事，就是特意地在梳妆台前宽大的镜子里看了看自己的脸。看看就觉得可爱，也难怪有那么一些人盯着自己不放，死追。但她不明白，自己近来为什么样老是做梦。梦境里总有一个相同的场景出现，自己变成一个冰人，全身透明。

要么就是有黑色的蚂蚁钻进自己血淋淋的心里,要么就是蚊蚋在自己透明的肌体内上下翻飞。这天午睡,她又做了一个梦,梦境里自己还是一个冰人,透明着身体,在一个漫无边际的荒原上穿行,四处鲜花盛开,蜂拥蝶簇,空气清新,白云缥缈。她一路走来,工作上的事,自个儿心上的事,全都变小了,全都不在了。她禁不住唱起了歌,跳起了舞。她就想这样一路走下去,走到地老天荒,走到天涯尽头。她走呀走,跳呀跳。可就在这个时候,天气突变,天上乌云滚滚,地上狂风大作。她开始躲避,她开始奔逃。一不小心,她跌进一条河里,汹涌的波涛在冲刷着她,奇异的水怪来叮咬她。因为她的透明,那些东西就专门攻击心,那颗稚嫩的、饱含热血的心很快就要落入那些令人恐怖的大口。她大骇,大叫,竭尽全力地挣扎。一个波浪涌了过来,她被托起了老高,狠狠地摔在了岸上。她爬起来,流着泪,哽咽着,继续走。不料,她这一次却掉进了一个坑。坑里烈焰熊熊,火光冲天。她被凝结成泪滴一样大的水珠,然后融化了,变成一股气流袅袅上升……

陆小燕慢慢起来,换掉柔和而透明的睡衣,开始穿衣、洗漱、化妆。穿衣的时候,她忽然想起一本解梦的闲书里说过的一句话:"男怕梦穿,女怕梦脱。"自己那样光着身子,透明着身子,不是梦脱又是什么?心里一阵紧张。照那书里说的是,要找梦花树来解梦。这种梦花树是一种丛生灌木,高不过二尺,叶片稀少且不大,开一种淡黄色的小花,枝条如藤条般柔软,不易折断,且能打结。做了这样的噩梦,第二天早晨起床后必须先去梦花树上打个结,然后对着那树结哈三口气,希望好梦成真,噩梦结束。可是,这种梦花树哪里有呀?

尉一行很有耐心地在楼下等着。尉一行就是这样,在你不知不觉中就渗透了进来。比如爱,比如业务,比如休闲。他就是在和陆小燕所在公司进行一项合作的时候认识的。那一天,陆小燕所在的天涯生态有限公司与尉一行的天路房地产公司在进行房地产开发合作最关键的一项时,双方力排困难,达成共识,签订了合同。公司老总高兴,就把陆小燕她们办公室和后勤上的人全都叫上,在西宁最好的皇冠酒楼喝了一回。陆小燕的落落大方和光彩照人,一下子就成了酒宴上大家说话的对象和敬酒的理由。当公司的老总把这个如花似玉的少女介绍给尉一行时,尉一行眼都直了。

那天晚上,尉一行喝了很多酒,而陆小燕也是。酒成了他们相识的媒人。

陆小燕二十三岁,正是花容月貌。这样的年龄,是完全占用世间所有最美的形容词的年龄。更何况她是典型的美人坯子,眼是眼,眉是眉,身材更是苗条,用时下的话来说,就是魔鬼身材。这样惹眼的她原来是山西财贸大学的学生,毕业后,几经周折,跑到了这个苦寒的地方来应聘。在这家公司做财务,领几文不咸不淡的工资,过着不至于为衣食住行过分操心但也并不宽裕的生活。但她的身份并不妨碍她成为众星都想拱住的月,不妨碍她成为西宁这样一个城市引以为荣的美女。她到目前还没有一个固定的男朋友。之所以这样,不是她不想找,不是她心花,不是她想把男人作为玩物,而是她接触的男人太多了,主动呈现在她面前,供她选择的男人太多,那么多优秀的男人让她眼花缭乱,让她迷惘。直接或间接的经验告诉她,要从中找到一个最适合自己的男人,让自己终生不后悔的男人,并不是一件很容易的事,也并不是一时就可以解决的。她采取的办法是,和大多数被男人围追堵截的女性一样,以容颜为旗,像老姜太公,放下没有诱饵的鱼钩,跷着脚坐着,等一条最大的鱼来咬钩。她年龄并不算大,还没有到非要把自己嫁出去的最后时刻。

情场是个最好的舞台,也是最残酷的赛场,粉墨登场,连连试招,孰优孰劣,自有最公正的时间大师来进行评判。

在这个舞台上,主要角色最后还有两个男人,他们以别致的方式出现,为上演更为动人的人生,他们已经储备多日。这样的两个男人,在她的心里轮番登场,冲来撞去,拂之不去,常常会在她的不经意中,撞击她平静的心。

前面出场的尉一行就算一个。

二

而另外一个男人的出现,更是令陆小燕猝不及防。

那天下午,到了上班时间,陆小燕按照经理的安排,从银行取了三十万元,作为对本次房地产牵涉到的拆迁户中的十多户人家的赔付款。她提着包,坐着单位的车,回到公司。还在大门外,就见里面人声鼎沸。里面有很多人在闹,一看就是最近刚刚启动的房地产触及利益的上百家拆迁户在闹。公司董事长不在,经理不在,连个副职都没有出来说话,只有办公室的两三个人领着几个保安在那里做着无关痛痒、敷衍塞责的解释。陆小燕下了车,刚钻进大门,大门就被洪水般的人流给推倒了。紧接着,陆小燕就被人流形成的旋涡,推来搡去。她的鞋掉了,她的围巾不在了,她的头发乱了,她甚至还感觉到有人在挤压她的臀部,摸她的胸脯,掀她的裙裾。那些人很愤怒,有的产生了过激行为,将保安举起来,往上抛,接住,再往上抛。很显然,那些人不是针对她的,是她进去的不是时候,就有人浑水摸鱼,她成了受害者。她流着眼泪,撕心裂肺地叫着。她紧臂缩胸,紧紧抱住那个沉重的、比性命还重要的包,但她的包最终还是在人流的拥挤中给丢失了。她惊慌，她叫喊，她挣扎，但她的努力全都给狂躁的人流给淹没了。她心跳加速，脸色苍白，浑身流汗，她的精神防线全都崩溃了。就在那个时候，她失去了知觉。

当她醒来的时候，眼里是一片一片的白，她眨眨眼，清醒过来，往四周看了看，原来她躺在医院的病床上。回忆了好一阵子，才想起发生过的事，她心里毛躁得不行，流着泪，哭叫着，又要起来，旁边的护士连忙扶住她。她甩开她，挣扎着说："我的钱！我的钱！"护士说："你别动，好好休息，你的钱，我听说已经找到了，那个抢钱的人也给抓住了。"

陆小燕全身心放了下来，嘘了口气，倒在床上。

事后她才知道，那钱给一个浑水摸鱼的人给抢走了，那人还趁机对她动手动脚，摸她的胸脯，掀她的裙裾。那是一个偷东西的贼，当时那贼不知道那是一笔巨款，只以为是女人上街刚买的东西，抓到后就往外挤。他边往外挤边摸，没走几步就感觉到里面是大沓大沓的百元大钞，禁不住喜形于色，激动得浑身颤抖。这贼趁乱跑了出去，专找背街小巷钻，一边跑还一个劲地把包往怀里塞，生怕别人看见。越是这样，越是让人怀疑。正好让接到命令赶往房地产公司维持秩序的武警官兵看到。武警队伍当中一个叫薛卫的，立即从队伍中冲出来，追了过去。那人见状不妙，专找僻巷逃。薛卫穷追不舍。眼看就要抓到，那人一个急转身，朝薛卫迎面冲了过来，瞬间从腰间拔出刀刺向薛卫。薛卫本能地往旁边一让，那人扑了下去，尖利的刀还是快速地插进了薛卫的左大腿……

薛卫就住在隔壁。陆小燕清醒之后，接受了派出所的询问，见到她的包原封不动地回到自己的手里，她的眼泪就下来了。陆小燕伤心的时候也很好看，这和大多数美人一样。所以在她流着泪、满脸洋溢着感激走进薛卫的病房时，薛卫惊呆了，尽管那个时候他的伤口刚做完手术，麻醉已经过去，疼痛感正好上来。

陆小燕说："你怎么跑得那样快？"

薛卫说："你怎么知道？"

陆小燕说："'你本来是在队伍中间的，一看到有情况，蹿得像只豹子，瞬间就撵了上去。'这是你们指导员的原话。"

薛卫笑了一下，说："小时候，我经常在山上撵羊，还驯过马。"

陆小燕说："怪不得，你老家哪里？"

薛卫说："彩云之南的乌蒙山区。"

陆小燕说："我不知道你说的那个地方，我只知道大理、西双版纳，当然还有昆明。我去过昆明。"

此后的一个星期里，陆小燕常往薛卫病房里跑。她自己煲不来汤，就到皇冠酒楼，要最好的厨师，煲了虫草乌骨鸡汤、天麻汽锅鸡汤，端过来，亲自往薛卫嘴里喂。

薛卫哪里肯，说："不行的，不行的，我自己会吃。"

陆小燕说："你受伤了。"

薛卫说："算得了什么呀，更何况，那是脚，不是手，往嘴里塞东西，见过谁用脚了。"

说得也是。可陆小燕觉得好像如果这样，就显得自己不近人情。

薛卫喝了一口天麻鸡汤，摇了一下头，又点了一下。笑了。

陆小燕说："怎么的，不好吃吗？"

薛卫说："以后你就不要买这些东西了，还很费钱的，其实不见得是什么好东西。"

陆小燕说："为什么？"

"这个呀，在我们乌蒙山到处都是，比这还好。"薛卫说这话的时候，掩不住自己的一点点骄傲。"我们小时候上山，到了秋天以后,每天都可以挖到一小布袋。那是纯天然的,野生的。你买的这个,包括这市场上的,都是人工种植的。"

那几天里,薛卫心里荡起了阵阵涟漪。陆小燕对他无微不至的照顾,让他想起了很多。在薛卫的生活里,像这样对他好的女性,从前只有母亲。当了兵后,三年时间,他只回家一次,只和母亲待过一个星期,更多的时候是母亲在电话里对他喋喋不休,又是吃的,又是穿的,再就是怎样学习,怎样做一个合格的武警战士。再过半年,他就要复员,母亲反复催促他请假回去相亲。那话让人烦心,但也给薛卫提了醒。现在,面对美丽、温柔而又善解人意的陆小燕,他的心里有了一种过电的感觉。

薛卫给陆小燕讲了很多乌蒙山区的故事。比如乌蒙山褐煤太多,满山满洼都是。农村人种地,中午不想回家,只要将地里的浮土刨开,地里的褐煤就露了出来,拾一把草叶引燃,就可以烧洋芋,可以烤自带来的苦荞粑,而且十天半月不会熄。比如苹果,到了夏末,红彤彤地挂满了枝头,像是要把整个坝子都烧起来一样。那苹果熟得早,又甜又大,咬一口,蜜水儿就汪了出来,要连忙擦,不然会湿了衣服。苹果的价格也不贵,在乌蒙山只卖两元一斤的苹果,这里要十二元⋯⋯

陆小燕啧啧称赞,口水都要出来了。

薛卫表示明年苹果收获的时候,将盛情邀请陆小燕到那边去玩,让她尝个够。

薛卫还说那里的作家群,有很多孜孜不倦地搞写作的人。那里还出英雄,有龙云、卢汉,有罗炳辉、徐洪刚⋯⋯

陆小燕说:"怪不得你这么厉害,原来是有出处的。"她表示有机会要去那里看看,那样神奇的地方,不去上一次,这一生就白活了。

薛卫很快就康复了。即将出院的前一天,陆小燕听到了薛卫的口哨。

薛卫坐在床上，嘴一噘，清纯干净的声音就从他的嘴里流淌出来。那声音时高时低，婉转悠扬，十分动听。有时像根细线，在飘飘荡荡的云絮里穿来穿去。有时像一只只鸟儿，在树隙间跳来跳去，叽叽喳喳的。而更多的时候，却有点淡淡的哀伤。那种若有若无的愁绪，一般人听不懂，可陆小燕听出来了。

陆小燕说："你这是什么调呀，这样好听，也很伤感？"

薛卫就用语言唱了出来：

> 自己的意中人儿，
> 若能成终身的伴侣，
> 犹如从在海底中，
> 得到一件珍宝。
>
> 邂逅相遇的情人，
> 是肌肤皆香的女子，
> 犹如拾了一块白光的松石，
> 却又随手抛弃了。
> ……

陆小燕说："好听，你在哪里学到的？"

薛卫不回答，却又唱：

> 洁净的水晶山上的雪水，
> 铃荡子上的露水，
> 加上甘露药酵所酿的美酒，
> 智慧天女当炉，

若用圣洁的誓约去喝，

即可不遭灾难……

"想不到，你还会唱这样的歌。"陆小燕白了他一眼说，"你工作不好好干，整天在部队就是学这个？"

薛卫说："人都有七情六欲嘛，我是去年国庆假日里，在拉萨学到的。"

陆小燕说："你很有音乐天赋。你们家乡的歌，你会唱吗？"

薛卫清了清喉，唱了起来：

清早起来过大河，

背背花鼓手提锣，

鼓儿本是乌蒙山鼓，

锣儿原是乌蒙锣。

三的三槌鼓，

九的九槌锣，

锣的锣听鼓，

鼓的鼓听锣。

锣听鼓，

鼓听锣，

热热闹闹过大河……

陆小燕说："这个不错，这个很特别，云南真的不错……"

薛卫又给她讲了很多乌蒙山区的风俗，那些婚丧嫁娶的事儿，让陆小燕睁大了眼睛。

陆小燕忽然想起，说："你们老家，民间有没有一种叫梦花树的东西？"

薛卫说:"有呀,你做噩梦了吗?"

陆小燕点点头。

薛卫笑了一下,说:"有没有梦见我?"

陆小燕说:"没有,梦中只有她一个人,情节很恐怖。"

薛卫做出很失望的样子,说:"没有?要是有我在多好呀!那你就不会受罪了。"

陆小燕表示认可。她说:"你还没有回答我,做到这样的梦怎么办?"

薛卫说:"在部队里,我们不能说的。"

陆小燕说:"现在你的身份不是军人。你是病人,或者乌蒙山人。"

薛卫说:"那,那就好,我这个时候没有值勤,就暂时不算是军人……我说吧。"

陆小燕说:"你说呀!"

薛卫说:"如果是未婚的青年,就要找一个同样未婚的异性,两人一起太阳出山之前出门,在山上找到一株梦花树,各执一束,互相缠绕打结。然后太阳落山、月亮升起的时候再回家。这样,从那天晚上开始,保证你好睡,不再做梦。"

陆小燕说:"真的?"

"我还骗你呀……"薛卫顿了一下说:"你和我在一起,就永远都不会做噩梦了。"

陆小燕哧地笑了起来,说:"我还没有做梦,你就做梦了……"

薛卫脸红了一下,为了掩饰,他说:"我还是吹口哨给你听吧。"说着,他吹起了口哨。

口哨吹完了,陆小燕说:"这口哨我还是第一次接触,真的很好听。"

薛卫说："嘴一噘，气一送，音乐就出来了。它可有些历史，早在两千多年前，口哨就有了，在魏晋至唐还曾达到风靡一时的高峰，在《诗经》和《山海经》里就有记载。"

陆小燕说："学口哨难吗？"

薛卫说："口哨简便易行，不需要任何条件，和唱歌一样，同样是人体自身具备、不需要外部条件的艺术。"

陆小燕说："那你教教我，好吗？"

薛卫就教她如何噘嘴，如何用气，如何发音。不一会儿，陆小燕居然可以吹出声来。出了声，就可以有曲调了。陆小燕本来就是个音乐迷，本来就可以唱得一嗓子好歌的，这样，她的音乐细胞给调动了起来。

薛卫看她学得快，就教她吹手哨。手哨是将手指弯曲放进嘴里，通过气流振动，发出美妙动人的声音。演奏手哨具有一定的难度，比如音高、音准都不容易掌握，演奏时局限大。薛卫说："对手哨音节的练习，手、唇、齿、舌的配合要娴熟，才能提高音调的准确性，还可以将笛子演奏中的吐音、花舌、运气等技巧运用到手哨中，更加丰富了手哨的演奏技巧……"

薛卫一面示范，一边教。那一天，他吹了很多曲子，吹得口渴，吹得喉咙发干，吹得嘴皮发麻。陆小燕给他喝了汤，不久，他睡着了。

陆小燕心里想，这个当兵的，想不到心里居然放着这么多东西。陆小燕更想不到的是，这个薛卫，在他们认识的三个月后，居然给她写了一封信，在信中吐露了对她的爱恋。那一刻，她真的不知道怎么办才是。

陆小燕将薛卫送回警营，一个连队哗的一下子闹开了。战友们一边对陆小燕客气有加，给她倒水，削水果，端即将举行的联欢会上要摆的糖，一边对着薛卫挤眼弄眉。指导员将薛卫拉到一边，严厉地说："想不到你小子，因祸得福啊！不过我可告诉你，在部队不准谈恋爱，敢越雷池半步，我就处分你！"

陆小燕那天被留了下来，全面体会了警营里的朝气和欢乐。原来这天正是中秋节的前一天，恰遇薛卫出院归队，警营里组织的这场联欢会便更有内容了。其中的节目里自然有薛卫的口哨，而陆小燕的孔雀舞则被隆重推出，让这一帮几年来不敢正眼看一下女人的男人心醉神迷，大肆喝彩。在此之前陆小燕对警营的了解，仅仅局限于影视和薛卫的口述，这下有了亲身感受，便更增加了对薛卫的认识。

那一天，该玩的玩了，该吃的吃了，陆小燕在受到前所未有的优待之后，在太阳落山前，告辞出门。薛卫不敢说话，却用一双眼睛在凝视她，陆小燕笑了一下，回过头来。指导员要派车送她，也被她谢绝了。

陆小燕一出警营，就有一辆轿车横陈在她面前。她刚要绕开，门却无声地打开，尉一行从车里钻出来。尉一行依然一脸微笑，伸手做出请的姿势，很绅士的样子。

那天晚上，那梦再一次袭击了陆小燕。陆小燕风姿绰约地站在T台上，一边向观众展示自己窈窕的身子，一边一件一件地解着衣扣，将衣服脱下，扔向观众，直至一丝不挂，这种场景好像在一些港台影视里十分常见。全场响起了激烈的掌声、喊叫声、口哨声。陆小燕循声望去，却见那口哨声居然是薛卫吹出来的。薛卫挤在人群里，有些孤单，有些无助，他吹出的口哨声，幽怨而凄清，一下子提醒了她。陆小燕一下子感觉到了害羞，十分着急，努力想要控制自己的动作，可她的手脚好像都有一种引力牵制着她，尽管她急出了满身大汗，手脚却一点儿也不听她的使唤……

第二天正是周末，难得地清静，陆小燕自个打车去朝佛。

在小燕的家乡，过了二十岁还没有嫁出的女子，都要去拜拜上天专管赐婚的神。陆小燕在家的时候，还是中学生，自然没有求佛的必要。现在看来，已经到了非去不可的时候了。陆小燕去的塔尔寺，是藏传佛教中黄教创始人宗喀巴大师的出生地。据公司里的何香大姐说，在这里拜佛是很灵验的。陆小燕问："何香姐，塔尔寺有没有梦花树呀？"何香说："我不知道什么梦花树，但那里有一棵神奇的古树，可是很神奇的哟！"陆小燕说："怎么神奇？"何香说："你去吧，去了就知道了。"果然如何香姐说的，陆小燕看到了，在宗喀巴大师出生的地方，长有一棵伟岸而扭曲的古树。陆小燕跟着那一群信佛的人，围着树转了三转，往涂有酥油的树干上贴钱。她在磕长头的人隙里，挤到神佛面前烧了香，磕了头，心里暗自求佛给她一个美满的姻缘，给她一个知她爱她疼她的如意男人。她陆小燕要的是美好生活，但她更看重人，人才是决定幸福的必要条件。她看到神佛看着她笑，那种笑，很慈祥，很宽厚，心里便有了一种安慰。

就在她往回走的时候，干旱多日的天突然阴云密布，不一会儿就下起了大雨。她打开小花伞，无法抵挡狂烈的大雨，浑身给淋了个透。雨丝毫没有停的意思，而且越下越大。陆小燕连连叫苦。

正在这时，一辆轿车在她的旁边停了下来。车门打开，有人叫她进去。她来不及卸伞，就钻进了车内。

陆小燕钻进车去，更是叫苦。那天的天气原本很热，她穿了一条薄薄的白白的连衣裙，本来就半透明，现在给雨一淋，乳罩和内裤就明显地透了出来。陆小燕大窘，双手抱胸，缩成一团。偷眼看去，原来这个开车人就是尉一行。尉一行倒是很体贴人，微微地笑了一下，给她递了一件外衣过来。她想也没想，连忙用那散发着男人味的衣服将自己紧紧包住。一路上，陆小燕想着昨夜里的梦，心里一阵阵发毛。但又一想到今天朝佛时佛的一脸慈祥，提着的心渐渐放了下来。

　　尉一行将陆小燕送到她住的楼下。尉一行是目前在西宁很有些影响力的天路房地产有限公司的经理。说是经理，其实只是股东。现在时兴的，每一个股东，都称经理的。一个巷里卖摊的小贩，只要在工商部门注了册，都可以称为经理。不过尉一行可不是这样，尉一行还算得上是名副其实的经理。尉一行在房地产的股份，是他高中毕业后，从云南、四川等地贩运水果、蔬菜等到西藏，再从那里拉出毛皮、藏药等土特产赚回来的。尉一行这老板当得很辛苦，钱赚得不容易。年龄不大，但他却知道生活的不容易，积钱犹如针挑土，用钱好像水推沙。他之所以把这些年来的积累都拿出来，参与炒作房地产，是做过反复论证和精心策划的，是万无一失的。尉一行现在三十岁，男人三十一枝花，更何况尉一行是一个成功的男人。成功的男人身边不乏女人，尉一行也不例外。他的副驾驶位上，常常坐着一位美艳的女子，但那样的美艳却是暂时的，并不长久。他在时时更新自己的性爱生活，用他的话说就是，都什么时候了，从一而终的时代过去了，多劳多得呀，把自己拴在一棵树上吊死的人，只能是傻×一个！但他对陆小燕却是别有一种感觉，自从在那一天晚上的酒宴上见面后，他就一直忘记不掉她。他感觉这个异乡女人特有魅力，超越了他所见识的所有女孩。如果顺利的话，让她做固定的经理夫人，也不是不可以的。有时，尉一行独自坐在办公室的老板椅上，想到陆小燕，就会暗自发笑。

　　此后，陆小燕每天上班，步步袅娜地往楼下一走，就会有一辆纤尘不染、闪烁着黑色光芒的小车停在楼下，驾驶位上坐着脸上透着一点点笑意的尉一行。尉一行看着陆小燕往下走的时候，真的就是一种享受。他目不转睛，有些痴呆，有些陶醉。直到陆小燕从他的车前就要走过去的时候，他才连忙拉开车门，跳了出来说："小燕小燕，我是特意来接你的。"陆小燕说："你来接我，先前怎么就没有给我说？"尉一行连忙说："对不起，对不起，我是怕提前说了，你又会不让我来接你。你这样好看，往街上一走，都算得上给西宁市容的一大贡献。"陆小燕笑了，一边往车上坐，一边说："你贫嘴！那你让我为西宁城做做贡献嘛，为啥要把我藏在车上？"尉一行说："你先为我做做贡献嘛，我是最需要扶贫的。"陆小燕说："我就不信，你这堂堂经理会贫过一个女孩子！"尉一行说："我在你面前，可是一无所有了。"陆小燕的虚荣心得到了满足。她笑了，说："看来，这车不坐都不行了！"尉一行说："以后你就给我个机会，让我当你的司机，上班前我等你，时间到了，我就打你的电话。"

人一坐上车，故事就入港了。

送了几次，见到的人就都说："看看，他们俩都搞上了。"陆小燕看见有人在斜眼看她，在小声地嘀咕，知道是在说她的闲话。先是有些不自在，但后来又想，管他呢，反正身正不怕影子斜，我和尉一行在一起，为时尚早呢！那些说人是非者，必是是非人。尉一行看到有人在拿他们说事儿，心里就十分高兴。他知道，有的事只能在私下悄悄做，生米做成熟饭，才能公之于世；而有的事则需要氛围，需要先造势，先烘托。要将陆小燕拿下，则应当走后一步。造造氛围，把那些在旁边垂涎三尺的男人撵走。

尉一行很有口才，在攻关上很有一套。现在，面对这个可人的女子，尉一行说："你只要答应嫁给我，什么都可以。"陆小燕说："说这话的时候，你脸都不会红一下，说明你很老练，是情场老手吧？"尉一行说："爱上一个人，是会不顾一切的，脸红不红，能说明什么？在关键时候才看得出来。"陆小燕说："你看上我什么？是容貌吗？""我不在乎你的容貌，但你的确漂亮。"尉一行说，"只要你答应跟我好，我什么都答应你。"陆小燕说："那你从这里跳下去呀！"尉一行说："那怎么行，我死了，那我们怎么相爱？除了这一件事，我什么都能答应你！你要知道，我爱你，你是我的唯一。"陆小燕笑了，其实她深深知道，这个尉一行，跟过好多女人，只有他自己清楚。陆小燕说："有一句话，是告诫谈恋爱的女人的，叫作男人靠得住，猪都会爬树。"尉一行说："小燕，你嘴巴子太厉害了。"陆小燕说："不是我嘴巴子厉害，是你经不住说。你这个人，是不是问题太多，随便扔个石头，都会打到伤处呀！"

三

这天，陆小燕坐在皇冠酒店的十六层楼上的咖啡厅里打双扣扑克。这次打牌的发起人是尉一行，他和陆小燕在一起打牌，也不是第一次。他们俩在一起，时冷时热，有时也有点小意思，也会相互凝视，说上半天的话，但离手拉手、促膝相谈的一步好像又还有些遥远。尉一行很有耐心，在别人早就熬不住的时候，他还一脸笑容，兴致勃勃地与陆小燕周旋于爱情的边缘。那是太极拳的套路，是商海的谋略，不愠不怒，不气不躁。用他给别人说的话，陆小燕这样的女人，就是嗅一嗅那香味，你就知道什么是最好。

牌几乎出到最后，尉一行和另外一个对家快胜了，而且尉一行手里还拿着一对钩。也就是说，只消一出牌，尉一行就要将陆小燕他们钩下来。那样，陆小燕他们就输得很惨，只能从最低级开始。正在这时，陆小燕的手机响了，一个电话打过来了。陆小燕放下手里的牌，将手机放在耳朵边，声音像是黄鹂一样的婉转："谁呀？"那边说："是小燕吗？"陆小燕一听，就知道是那个兵哥哥薛卫了。她说："你……"那头说："我是薛卫，教你吹口哨的那个。"

薛卫不说自己是帮助过陆小燕的那个，质朴和谦虚就一下子体现了出来。陆小燕笑了，说："你有空了？你要教我吹口哨了？"那头说："我们放了半天假，我可不可以见见你？"陆小燕说："想见我呀？我这会儿正忙呢？"那头说："哦，你很忙，是不是又在准备你的会计师资格考试？"陆小燕忍住笑说："没有，我们在学习'中央一百〇八号'文件，你们是军人，你们没有传达吗？"那头说："没有，我还不知道，领导也没有安排学。不过，可能是最近吧……我写的信你收到了吗？"陆小燕说："收……收到了，今天早上。"那头说："你是怎么想的？能不能见你呀？"陆小燕说："那，你等一下吧。"陆小燕的牌很差，她正不想打，就把牌往桌上一扔说："不打了不打了，我有事。"尉一行说："那怎么行，你走了，我们三缺一。"桌上的另一个女人何香说："小陆，听你的口气，是要去相亲。你见的男人还少呀？如果他对你忠诚，就会等到海枯石烂，不在乎这一时的。"陆小燕嘴里说着："哪里呀，你说到哪里去了？"尉一行说："这一局不算，我们从头打吧。"陆小燕的业余生活是就是打牌，见尉一行让步到这般，犹豫了一下，就又坐了下来，说："我们接着玩吧。"接着她又打了电话给刚才的那位兵哥哥，告诉他她在学习，领导不给假，晚上再说。

陆小燕心里很矛盾，薛卫是她的恩人，不见他好像有点对不起人。要见，这里又丢不下。陆小燕本来就对当兵的有一种很特殊的感觉。不是之前有什么故事，而是本身没有故事。没有故事就让她觉得神秘，没有故事就让她想有故事。她还觉得当兵的身体好，思想好，办事大多干脆利落，没有或者很少经受过污染。不像商场上的那些老油子，除了钱就什么都认不得，常常把朋友当成是酒肉型的，把亲人当成是糠菜型的。也不像政界那些脸上对你笑着、却早已开始攻击你的下三路的官员。那一次英雄救钱、更准确一点是英雄救美的故事发生后，陆小燕更是对当兵的敬爱有加。

天色开始昏暗，牌也打得差不多了。尉一行就邀请大家下馆子。陆小燕说："算了吧，还是改天再聚好吗？"尉一行说："既来之，则安之，你一个单身女郎，难道还要回去一个人摸锅摸刀，那太影响你的淑女形象了，我也没有面子。"陆小燕说："主要是有点累，想休息休息。"何香说："小燕呀，你不是整天都嫌生活太单调了吗？大家坐一坐，省得你寂寞。"陆小燕本想借这个机会，和薛卫见一见，可现在还是走不开，心里便很是不安。

何香忽然说："尉一行，你不是要去拉萨吗？到时候，请你帮我带点虫草回来。你不知道，我儿子这几天身体虚弱，上课都没精打采的，医生说要吃虫草补心汤。"尉一行知道这个叫何香的女人贪小利，因为她在尉一行和陆小燕之间当灯泡，左右拉连，自以为有功，便时常找些事给尉一行做，占些不大不小的便宜。尉一行笑着说："好的好的，这点小事，何姐你说一声就是。"陆小燕抬起头来说："哦，你要去拉萨？"尉一行说："要去的，我好像听你说过，你还没有去过拉萨，你不是很想走青藏线？那就跟我去拉萨，那可是个神秘的地方。"陆小燕说："这么远，怎么去呀？"尉一行说："坐火车，再不就是飞机。"陆小燕说："那多没意思，轰隆轰隆地就到了，能看些什么呀？"尉一行说："那我们开车去。"陆小燕说："开车？行吗？"尉一行说："换辆质量好一点的越野车不就行了吗？"何香接过话说："嘿，小燕，你不是一直要找梦花树吗？昨天在家里我听我老公说，青藏线上就有梦花树,他们单位的小黄,天天做梦,上月请假去了一次,找到了梦花树,回来后都好了,每天睡得踏实踏实,脸白唇红……"

陆小燕心动了,说:"我想一下。"

在饭桌上,大家照例地闹。尉一行高兴,喝了点酒。酒在他口里,像是一缕山泉,慢慢在滴,慢慢在动。但那种感觉是绝妙的。酒到之处,热流动了过来,于是,血就活了,脸就红了。他一直都在讲话,把整个桌子当成了他的演讲台。这个时候,薛卫又打电话来,要约见陆小燕。陆小燕有些为难。尉一行却不直说,一个劲地往陆小燕碗里搛菜。尉一行说:"我看,这顿饭菜还不错,我们就每人讲一个笑话,权当下酒菜吧,要让人笑得起来。"何香说:"一行真的不错,我先讲,只是带点荤……小燕也不小了,反正这话也说得出口。"接着她就讲了一个故事,说一个大学生,刚分到报社工作,很激动,想自己一定要干出好成绩,让领导高兴,刚进报社,应该写一篇好稿,以体现自己的水平。他想来想去,就准备写一篇歌舞厅访谈。他进了歌舞厅,找了小姐,讲价。小姐说:"要三百块。"他说:"他不搞那个,他只想听听她的经历,可不可以少一点?"小姐说:"那你还是一样耽误我的时间,这个时候我可是黄金时间,你不来自然有别人来,不信你看,外面还有排队的。你占用这一段时间,可以接待好几个人的。"最后,他们以两百块的价格讲定。他们的采访开始。他问了小姐很多的问题。比如你为什么不好好读书呀?你们村里出来的人有多少?他们都干些什么?你面对嫖客心里是高兴还是难受?小姐一一给他讲了。大学生很满意,走的时候,小姐说:"你问我这么多,我可不可以问你一个问题?"记者笑了,说:"你有什么,尽管问,我不收你的费。"小姐说:"你是不是有病呀?"

大家笑，陆小燕的脸有些红。尉一行从对面看去，她白里透红的脸上，暂时还没有什么反感。于是他说："何姐你讲的大学生，是以偏概全，我觉得，要说傻，当兵的社会经验少，和社会上没有更多的接触，才是真的不懂事……我接着讲一个，就权当给我们的小燕搔搔耳朵啦。"

尉一行讲的故事，说的是一个当兵的年轻人，在部队几年了，很快就要退伍，可还没有进过一趟西宁城。班长就看在眼里，给连长请示了一下，安排他到西宁城里出一趟差，没有具体任务，也算是了了当几年兵的愿望。他到了城里，到处车水马龙，到处灯红酒绿，看得他眼都花了。但他不知道往哪里走。正在歌舞厅外面犹豫的时候，一个小姐出来，嘻嘻哈哈地把他拉进了包厢。他犹豫了一下，最后还是接受了小姐两百块的谈判。小姐开始脱衣服，脱上衣他热血沸腾，脱内衣的时候，他忍不住了，血往上冲，开始出汗，眼开始花。但就在这个时候，他想到自己是个军人，不应该这样。于是推开小姐，快速穿上衣服，冲出了歌舞厅。回到部队，他思想矛盾，内心十分痛苦，几经煎熬，反复思考，最后他还是向班长做了汇报，并请求处分。班长拿不定主意，又请示指导员。指导员想了一下说："当然应该表扬，关键时候他已经挺住，没有犯罪。"尉一行讲完的时候，连忙拱手说："粗糙了，这个故事粗糙了，对不起，请大家批评我。"

陆小燕知道何香对她有意见，原因是她和尉一行到现在还没有正式确定恋爱关系，这让极力从中斡旋的何香不高兴。同时，她也知道尉一行是在含沙射影。陆小燕想到现在正想和自己谈恋爱的那个兵，那个薛卫。他们从在医院里相识后，到现在已经三个多月了，电话打了不少。相互间只要在电话里咳一声，也知道是对方，但居然就没有再见过面。她一下子有些动摇，她不知道，那个当兵的单纯小伙子，会不会也和尉一行笑话里说的那个人一样，憨得可爱，同时又憨得让人看不起。她想，这些人说话，太不注意了，于是也讲了一个笑话。她说："你们都讲两个了，我也讲两个笑话，博你们一笑。"尉一行说："你人漂亮，口才也一定不错。"陆小燕说："过奖，我大学时候看过一些闲书。"

接着，她讲了起来：一天，一位朋友去上坟，路上突遇一条恶狗，硬是追着朋友不放，狂吠个不停。怎么打发都不走，朋友突发奇想，拿出了祭奠用来烧的纸钱，抽出一把就给狗扔过去。狗快步跑上前去打量了一番，又跑回来汪汪大叫，然后蹲在路中间，直起耳朵，把头偏向一边，看着他一动不动。朋友急了说："哎，你这狗眼看人低，别以为我掏不出真家伙？"随后，从口袋抽出一张100元大钞，向狗扔去。狗疾步向前，叼着钱便扬长而去。朋友在身后直骂："呸！你这势利的狗。"

何香一下子回过神来说："你……"陆小燕说："没有没有，纯粹是说了玩，我再讲一个。"没等尉一行插话，她说："这个还是关于狗的故事。"说的是狗最善于媚人，而且又欺贫爱富。所以它见了衣衫褴褛的人，便竭力狂吠。有一天，狗独自在郊外行走，忽然一只金钱豹迎面而来。狗远远望见，大喜说："这个家伙全身布满金钱，肯定是富家公子！"于是便迎面跑上去，摇动尾巴，做出种种乞怜之状。走到跟前，豹子突然扑过来，张开大口，就要咬狗。狗大惊，回头狂奔起来，好不容易逃了出来，但已吓得魂不附体了。正在这时，一头牛走过来，看到狗的狼狈相，问是什么缘故，狗便把经过说了一遍。牛笑道："你也太不通世故了！难道没听说近来世上，越是有钱之辈，越要吃人的吗？"

说完，陆小燕就笑，她搂着肚子，笑得一脸灿烂，一脸幸福，还直往眼角抹泪花儿。何香脸都白了，只有尉一行还镇定自若。尉一行说："好了好了，我们进入下一场吧！"吃了饭，尉一行又极力邀请他们进了时下最时尚的酒店附属的歌城。

那一个晚上，他们在一起玩了个疯狂，玩了个忘乎所以。尉一行是个玩家，在玩这一方面，没有他不精通的，歌唱的是最流行的歌，舞跳的是最有动感的舞。就是蹦迪，他也拿出了自己的最高水平，让那一个夜晚，真正地属于年轻人。让陆小燕真正感觉到快活。陆小燕说："我……我从大学出来后，就再也没有这样疯狂过了！"何香说："我也是，未婚的时候玩过，生了孩子，手脚都硬了。"到了最后，个个累得全身酸软、汗水淋漓，也痛快之极。

出了歌城，何香说她要自己回去，老公马上就开车来接她，她要尉一行送送陆小燕。陆小燕转身之机，何香努了努嘴，再挤了挤眼，说："你要送到位呀！这样的人还放她自由自在，就是你的不是了。"尉一行说："大姐说过，我自然会办好。你不说，我也不会放过这个机会的，多么美的差事呀！"何香在认购一套低价位、高品质的复式楼的时候，便亮起灯泡，努力地撮合他和陆小燕的事，恨不得一下子就把两人赶进花烛洞房。

尉一行的车可算是好车，四十八万元，这对于一个刚刚三十岁的男人来说，当然是一张很好的名片。在商场，在情场，甚至是在官场，自然是如鱼得水。陆小燕上了车，浑身散发出的体香让尉一行迷醉。尉一行越过陆小燕身体关车门的时候，手肘子触到了陆小燕身体的某一个部位。西宁城的夜灯闪闪烁烁，迷幻的彩色让尉一行想了很多。尉一行启动了车子，那样的车，在西宁城的夜色里，在这个海拔两千三百米的城市里，听不到一点轰鸣。坐在里面，舒适得让人陷进去就爬不起来。这不，不到五公里的路程，陆小燕困得要不得，几次差点睡着。

到了陆小燕的楼下。陆小燕下了车，朝尉一行挥了挥手，便袅袅婷婷地往楼上走。尉一行知道她是一个人住，知道这样的夜晚应该有很多故事发生。但这样的机会，却似乎即将逝去。想起何香给他说的话，心里急得不行。

　　这辆车里，还有着陆小燕的体温和体香。尉一行张大鼻孔，贪婪地吸了两口。突然，尉一行的目光锁定在陆小燕坐过的座位上，她的小坤包忘记在了车里。尉一行如获至宝，他拿了过来，放在唇下，轻轻地吻了吻。

　　他上了楼，轻轻地叩响陆小燕的门。陆小燕的门没有开，尉一行再叩，还是没有开。她是睡着了吗？还是没有听到？还是在卫生间？尉一行想，今天晚上无论如何也要敲开她的门。好一阵，陆小燕开了门，陆小燕脱了外衣，显得更加苗条可人，手里还拿着手机。他扬了扬手里的包，陆小燕侧开身，让他进去。

　　陆小燕继续煲她的电话粥。不听不知道，一听吓一跳。原来陆小燕是在和那个薛卫通话呢。他们谈话的内容中，拉萨、纳木错湖、日喀则、乌蒙山、退伍几个关键词反复出现了几次。这样，尉一行一联想，问题就出来了。

　　陆小燕终于讲完。关了电话，她看了看包，说："谢谢你，又耽误了你的宝贵时间。"尉一行说："能为你服务，是件十分幸福的事。"陆小燕脸红了一下，说："喝水吗？"尉一行说："渴得要命。"陆小燕转身去倒水，尉一行站起来，走到陆小燕的身后，伸出双手，一下子抱住她，在她的耳边说："小燕，我爱你。"

　　陆小燕刚一转身，一杯水倒在了地上。

　　尉一行再一次说："小燕，我爱你。"

　　陆小燕满脸通红，说："别……尉一行，别，我们还没有到那一步。"

　　尉一行固执地说："怎么没有到，我们不是已经在一起吗？"

陆小燕说:"我说的不是那个意思,我是说,我们还需要进一步了解。"

尉一行说:"可是,我已经很爱你了,我心里只有你一人。你不知道,好多个夜晚,我都在想着你。"

陆小燕低下头。尉一行立即吻住了她。

那样的吻深长而甜蜜。尉一行先是吻她的额,再是她的脸,接着是鼻子和下巴。最后,尉一行舌头就留在了她的耳朵边,小猪一样轻轻拱动。他的手,慢慢向下移动。

陆小燕迷醉了。她全身酥软,觉得自己好像是长上了翅膀,灵魂飞上了天空。而就在尉一行把她抱上宽大的席梦思时,她感觉到自己进入梦境之中,自己的衣服正一件一件给脱掉了。陆小燕不由自主地开始抗拒。她清醒了,她连忙推开他说:"不行的!不行的!"

尉一行有些失望,但不甘心。他说:"为什么?为什么?我们不是很好吗?"

陆小燕一边整理自己的衣服,一边说:"对不起,我们还有一段路程要走。"

在几天的时间里,薛卫也曾几次打电话给陆小燕。在尉一行看来,他们那样子,好像很熟了,好像是他们一见面就可以发生些什么更为深入的事情来。他们的谈话中,一次又一次地出现了拉萨、纳木错湖、日喀则、乌蒙山等词语。尉一行已全面了解,那个乌蒙山人和陆小燕已经推心置腹了。他说的是如果他和陆小燕关系有进一步的发展,他就继续留在西宁,就是继续在部队,就是复员在西宁的某个部门工作。但不管如何,他都想邀请陆小燕去沿青藏线走一次,因为当兵时间长,也即将退伍,领导将满足他的要求,给他十天的假,让他去去想去的地方。陆小燕听到这样的话,居然有些欢呼雀跃的样子。这样,尉一行就知道自己要领陆小燕去拉萨的想法是对的，但必须先走一步了。

第二天，尉一行很高兴地给陆小燕说，他去拉萨出差的事已正式确定，股东大会决定，由他先去拉萨作一次考察，看能不能在那里搞土地开发，看那里的房地产生意怎么样。尉一行说："其实所谓考察，轻松得很，主要是出去玩一回，至于房地产开发的情况，他目前已经掌握得差不多了，无非是在细节上再进行一些补充。陆小燕有些犹豫，这犹豫后面的原因，尉一行当然是知道的，但他装作什么也不知道。他只是从侧面说这条路上，最好的风光，只有他更清楚，因为他是在拉萨出生、在西宁长大的。地方上的好些人，没有他对这条路更了解。"

犹豫了整整三天，陆小燕终于答应了。

尉一行大喜过望。

尉一行换了一辆质量很好的越野车，做了很多准备，干粮、衣服、保暖设备、车辆的维修工具等。他知道那条路的寒冷和凶险。

然后，他们上路了。

四

就在他们准备上路的前一天夜里，陆小燕终于见到了薛卫。陆小燕是偷着去见薛卫的，她怕尉一行吃醋，就说自己要去准备一些女人自用的东西。恰巧尉一行要去公司里做一些安排。这样，她就一个人出来了。

陆小燕是在部队旁边的公园里见到薛卫的。薛卫好像比以前更苍老一些，脸上开了皱，比以前更黑，但他还是一脸的笑。陆小燕说她准备出一次差，是到云南，可能要半个月才能回来。薛卫有些失望，说过了春节，到了春天，他就要转业了。部队里对他这样的老兵，总会给一些条件，满足他们的要求，让他们出去走走，他想借这个机会，再去一去拉萨，说不定此生就只有这一次了。薛卫的意思是说，他想请陆小燕一起去拉萨，看看布达拉宫和大昭寺，请她去听听那里原生态的六世达赖仓央嘉措的情歌。

陆小燕说："可是，我已经答应单位上了，是领导带队的，同时要去那里办公事，有些账务往来。"

薛卫说："我本来已经给部队借好了一辆吉普车……那，我们就各奔东西。"

陆小燕说："我知道你的想法，你很不错，又帮助过我。我们的事……只有过一段时间再说，我们认识的时间毕竟很短。"

薛卫知道强扭的瓜不甜，点头表示同意。但是，他说："如果你跟我去了云南，你会很幸福的，那里比这里要好一些。"

陆小燕低下头说："我知道，你是个好人。不过，我们还是不要勉强，走一段路再说，好吗？"

薛卫有一丝隐隐的感觉，就是他们之间好像还有距离，而且，这样的距离难以缩短。

五

尉一行可算是见多识广，一路上，他给陆小燕讲了很多的奇闻逸事。到了日月山，他就停下车，给陆小燕讲文成公主的事。说当年文成公主入藏途经此山，她怀揣宝镜，登峰东望，不见长安故乡，远离家乡的愁思油然而生，悲从心起，想此程一来，将永生不可能回长安城了，不禁取出临行时唐王所赐日月宝镜观看，镜中顿时生出长安的迷人景色。公主悲喜交加，又想到联姻通好的重任，毅然将日月宝镜甩下赤岭，以示自己永不后悔的决心。宝镜变成了碧波荡漾的青海湖,而公主的泪水则汇成了从东向西流的倒淌河。后人为纪念文成公主,就把赤岭改名日月山,日月山脚下还建有文成公主庙……

山上还有未化尽的雪,白亮亮地刺眼。草已开始枯黄,日月亭边的经幡猎猎生风。路边的藏民兜售着工艺品,或者拿一件御寒的藏袍往游客身上披,当然是要给钱的,还有老人牵着稀罕的野牦牛邀请游客付费拍照,游客和藏民们讨价还价你推我搡好不热闹。陆小燕走到山顶,迎着冷冽的风和明媚的阳光大口地喘气,这里的氧气很少,可是很纯净。

尉一行喘着气追上来说:"还好吧?"

陆小燕说:"没事儿。"

那条倒淌河,真的像是一个人的眼泪,少少的,干干的,在高原的眼里慢慢渗出,在高原的脸上慢慢流淌。

陆小燕说:"一千多年前,我真的不知道,文成公主是怎样走到这一步的,又是怎样一步步走到拉萨。"

尉一行说:"没有办法,这是经营的需要。"

陆小燕说:"我恨什么经营,这交易实在是太残忍了。"

尉一行说:"对一个人来说,也许是。但对于一个国家来说,这算不了什么。"

际小燕没有说话。

两边的雪山,高高的与天相接,那里的雪千年不化。

尉一行说:"你也不错,你不是从很远的地方,从条件很好的地方,来到这不毛之地吗?真的你很委屈。"

陆小燕说:"不长草,地理环境限制,那谁也没办法,不过我看青海的姑娘还是很漂亮、很时尚的。"

尉一行说:"现在好多了。"

陆小燕顿了一下说:"尉一行,你说,爱情,也会像这蓝天、白云、山地这样纯洁吗?"

尉一行笑了,说:"古人不是说了,水至清则无鱼吗?爱情纯洁到了一尘不染的时候,那就不会有发展了。你想,如果平原里的那些沃土,也像这样高寒,那就长不出庄稼,长不出绿色了。"

尉一行专注地看着陆小燕说:"爱情需要绿色,绿色是生命,是养料。"

陆小燕说:"其实,我知道你的心事的。"

尉一行愕然:"什么心事?"

陆小燕说:"你不想让我和薛卫好,你把我拉到这个地方来,有你的目的。你这个人,很坏的,做什么都有目的。"

尉一行释放了一脸的得意,他说:"男人不坏,女人不爱嘛!还有,在爱情面前,每一个人都是自私的,只有傻子,才会把爱让给别人。"

眼下几个身材高大的藏族人朝着拉萨方向,走三步,就全身着地,磕一个头,仆下,再站起来,站起磕一个头,又仆下。

尉一行说:"小燕,你要爱我才是,我也有这种精神的。"

陆小燕笑了,说:"你磕给我看看,你磕到拉萨,我就嫁给你。"

尉一行作了一个揖,刚往地上一磕,又连忙跳了起来。他揉着膝盖说:"算了算了,你不就在我面前吗?我已经磕到了。你嫁给我吧!"

陆小燕摇摇头说:"你不可能,你这个人永远都没有宗教精神。"

她还想说的是,你这个人,永远没有那个乌蒙山人的精神。但她终究没有说出来。她噘了噘嘴,吹起了口哨。经过这一段时间的练习,陆小燕的口哨已经很不错了。现在她吹的曲子是《拉萨酒吧》。尉一行一听，跟着唱了起来：

> 拉萨的酒吧里呀，
> 什么人都有，
> 就是没有我的心上人。
> 她对我说不爱我，
> 因为我是个没有钱的人。
>
> 都市的酒吧里呀，
> 什么酒都有，
> 就是没有我的青稞酒。
> 一杯两杯我也不会醉，
> 因为我是个大酒鬼……

唱完了，尉一行忽然想起，说："小燕，你什么时候学会吹口哨的？"陆小燕说："这有什么关系吗？"尉一行说："一个美女吹口哨，噘着嘴，眯着眼，样子不是很美。"陆小燕不理他，又吹起了另一个曲子，这次吹的是青海民歌《一对白鸽子》。

六

这样的路很长，长得像是一个人的一生。走这样的路很辛苦，辛苦得像是经历了一生的坎坷。陆小燕从来没有走过这样长的路，先是很兴奋，见到什么都要看上半天，说上半天，但后来就不行了，后来就疲倦了，身子开始向后倒，眼皮向下耷。尉一行心里暗暗地乐了。看来，任何人都会有疲倦的时候，任何人都会有抵不住的时候，他需要的就是这个效果。虽然这条路上，他更辛苦，要掌握方向盘，注意力要高度集中，还要考虑衣食住行，挖空心思博得那个心上人一笑。但他有一种特幸福的感觉，有了那种感觉的人，再辛苦，也是幸福的，也是累不倒的。

尉一行减速，把车停了下来。因为惯性，陆小燕睁开眼。尉一行说："上车就睡觉，下车就撒尿，回家一问什么都不知道。说的是你吗？"陆小燕说："长时间坐车，真的很辛苦。"

因为刚睁开的眼里，看到很美的景致，陆小燕便一下子兴奋得跳了起来。尉一行连忙伸手按住她说："别跳，别跳，小心车顶碰伤你的头。"眼前的青藏路是条直线，微微向上，直直地插向白云的絮里，直通蓝天的深处。陆小燕说："这就是天路了吗？我们是不是就可以一直通达天堂了？"尉一行说："那当然，你向往天堂呀？"陆小燕说："我向往的。"陆小燕挪了挪身子，靠在尉一行的身上。陆小燕说："那天上一定很纯洁，很干净，空气清新，阳光明媚。"尉一行说："小燕子，因为这些，我的公司，就以天路来命名的……你还很单纯，你还是一片未经污染过的土地。"陆小燕脸红了一下说："那你就要珍惜呀，你别……"尉一行说："那，你是让我别开垦那一片处女地？可我受不了啦……"陆小燕轻轻打了一下他的手说："你……"

陆小燕说："你是领我来找梦花树的，梦花树在哪儿？"

尉一行说："不远了，到时我会指给你的……不过，你就把我当作是你的梦花，你让我为你解梦，为你解除苦恼。"

陆小燕嘴动了一下，想要说什么，最后却没有说出来。

雪山下的一个小山峦上，彩色的经幡轻轻飘动。一缕青烟冉冉升起。山的远处，几个黑点越来越大，越来越密集。原来，那是一座藏族人的天葬台。此时，天葬仪式正在进行，又一个灵魂将回归天国。

尉一行停下车，两人下了车，站在那里，久久眺望。

尉一行说："知道是怎么回事吗？"

陆小燕说："知道，但我不明白。"

尉一行说："只要心中有爱，什么都可以做到。"

陆小燕说："如果有爱，那你愿意为爱情献身吗？"

尉一行在心口上画了个十字，虔诚地说："愿意。"尉一行双目凝视着陆小燕，他从她的眸子里看到了虔诚，看到一汪清水中的烈火在蓬勃燃烧。

陆小燕暗地里摇了摇头。

他们走得很慢，每到一处，都有看不够的景致，都有说不完的话。他们形影不离，恩爱无双。到了夜里，在城里，他们就住宾馆，在小镇上，他们就住小店。一天，他们赶到一个叫格勒的小镇上，已经是夜间一点多了，费了好大的劲敲开旅店的门，老板娘告诉他们已经客满。再找了一家，却是一地狼藉，床铺很久没有清洗过，根本无法睡下。他们就回到车上，在车的后座里相拥相依，互相温暖，渐渐进入梦乡。

第二天早上，他们被一阵吵闹惊醒。尉一行努力将头抬起，从反光镜里看去，原来他们的车挡住了藏民的牦牛和羊群的路。藏民早起，撵着牦牛和羊群要进草场，不想让这辆小车挡了道，牦牛都用身子来蹭小车了，而羊群则发出咩咩的叫声。尉一行动了动身子，觉得浑身一点力气都没有，眼皮十分沉重。想把手放在方向盘上，都感觉到十分吃力。费了好大的劲，尉一行才将车开到路的边上，而陆小燕也头昏眼花，全身瘫软。陆小燕说："这是怎么啦！我是怎么啦！是水土不服，还是高原反应？"尉一行一身冷汗，说："是空调！是打开的空调差点要了我们的命！要不是他们叫，我们就真的命赴天堂了！"

陆小燕吐了吐舌头，说："是吗？"

尉一行说:"我们这算不算是生死相依?"

陆小燕没有说话。她想,这个样子,应该是。可是她总觉得,他们之间好像还差点什么。

日日相依,尉一行感觉到他们的感情已经很深了,深到可以以身相许,深到可以把自己的一切都给了对方。他充分相信,这一次行程,他没有白走,虽然他很累。在这条路上,更重要的是出了西宁城不到一个小时,路上就不再有手机的信号了。虽然到了一些小镇会有信号,陆小燕也接、打了一些电话,但她却没有给那个当兵的打过电话,那个当兵的也没有给她打来过。这就十分好,这一点十分重要。只要半个月甚至不要半个月,陆小燕见不到那个人,也没有那人的音信,他尉一行就可以稳操胜券了。

可陆小燕和他在一起,可以给他看,可以给他吻,可以给他抚摸,但就是不允许他突破那个禁区。只要他有那个方面的动作,陆小燕就会毫不犹豫地拒绝了,而且态度很坚决,很果断,很生气。哪怕那个时候陆小燕已柔情似水,目光迷离,哪怕那个时候陆小燕已声音呢喃,全身瘫软。

这个陆小燕哪!

过了雁石坪,看过神泉,他们就进了唐古拉山口。唐古拉山的顶峰白雪皑皑,整个山头像是一头雪狮静卧在这世界屋脊。陆小燕看呆了,在那个标有5320米的海拔标牌前照了几张相片后,她说:"我们到达极限了吗?"尉一行笑了笑说:"就算是吧。"

他们一起走到已经枯死的草坪上,相偎在了一起。

很久,天的那边,洁白的云开始退去,强烈的阳光一点点地变得晦暗。远处的山峦上有些昏黄。尉一行意识到,不一会儿,风就要来了,那种风,特大的风,将会将他的这样一辆车,吹到天涯海角。他给陆小燕系上安全带,连忙发动车子,箭一般地朝向唐古拉山口外驶去。

  事实上,尉一行的努力,并没有起到多大的效果。刚刚翻越山口不大会儿,风来了。那样的风,是前所未有的风。风从山峦上扑下来,将黄沙卷起,将雪的飞沫卷起,将拳头大的石头卷起,将高原上所有可以搬动的东西都卷起,狠狠地朝他们砸过来。那种风,不是一缕,不是江南温柔的风;不是一片,不是秋天丰收的风。那风是一个群体,是一个部队,以一种排山倒海的方式,以一种整体推进的方式,向他们冲了过来。风咆哮着,发出令人恐怖的、尖锐的嘶叫。那叫声像是一把刀,直接而不弯曲,果断而不犹豫,尖厉而不钝拙。陆小燕倒在尉一行的怀里,浑身发抖。尉一行将电门关闭,车门关严,手刹拉死。他闭上眼睛,紧紧搂着陆小燕,心想,这下死定了。他在心里默念藏族朋友给他说过的平安经……

  尉一行把希望寄予上苍的护佑,希望有意外出现。

  风停顿了一下。尉一行连忙下车,往石块多的地方奔。他奔过去,专拣大的石头往车上摆。陆小燕说你干什么呀你?你还不快走你干这些笨事干什么?尉一行喘着粗气,并没有停下来的意思。他说你别动,你别下车来!

  尉一行搬了一块就要喘上几口气。这里天气干冷,鼻子里干得像要开裂,空气也太稀薄,根本就不适合人的运动量加大。所以尽管尉一行已经很努力了,但他往车上也不过搬了六七块石头。就在这时,风又来了。尉一行赶紧上车,对陆小燕说:"现在你知道我搬石头干什么用了吧!"这一次的风,更猛烈,更狂躁。天上的白云一瞬间就不在了,刚刚落地的泥沙再一次往上翻,车窗玻璃发出哗啦啦的巨响,车轮子不安地晃动,整个车子像是大海中的小舟,无助地荡来动去。陆小燕这才明白,如果不加上那几块石头的重量，这车恐怕已经像一片落叶，早就给风带到了天国。

　　尉一行在此之前也知道大风即将来临，知道青藏高原上大风的随意性和不可预测。此前，他侥幸以为自己可以躲过大风的袭击。现在，他有些后悔，他觉得这次不该来。如果是为了爱情，为了还不一定属于自己的女人，就把命丢在这样一个荒无人烟的地方，实在太没有意思了，实在是太不值得了。留得命在，还愁没有女人呀！但这个时候，不管他怎么想，大风还是不可拒绝地朝他涌来。陆小燕紧紧搂着他的脖子，哭了。陆小燕说："怎么会这样，怎么会这样，我们是不是得罪了神灵？"尉一行说："没有，世上本来就没有神灵的，要有，他就应该庇护我们，他就不应该折磨我们！"

　　风从正前方吹过来，车体开始移位。尉一行大骇，他忙发动车子，挂在一挡，将车启动。逆着风，他努力扭着方向盘，试着加油，将油门一点点地踩下去，踩下去。车向前动了一点，再动了一点。风猛了起来，车就后退，风弱了下去，车就向前。尉一行感觉到了这一点，心里一阵暗喜。他对陆小燕说："不怕，我有办法了，我们有救了。"陆小燕抹了抹满脸的泪水，说："一行，你一定要想办法，我们要活着，我们不进天堂……"

　　风弱了下去。天空开始明朗，沙尘一阵一阵地往地上落。陆小燕说："你看你看，风去了。"尉一行知道，不一定这次大风就会结束了的。他伸手抹了抹陆小燕的满脸的泪水，说："要有信心，相信我。"

　　果然，还走不到两公里，大风又开始从后面刮了起来。风改变了方向，就像是人与人的战争，从一个角度换到另一外角度，由一种战略换成另一种战略。风从后面来的时候，就像是有人在后面用巨大的力量在推动着整个车身。这次风的猛烈，不亚于刚才的那一次。即使是尉一行刹住了车,那风也将车不可拒绝地往前移动。尉一行有了前一次的经验,先是将车刹住不动,后来就将车挂上了倒挡,平稳地加大油门,让车向后有一种力量,不至于车像一块树根,让风给轻轻卷走。

唐古拉山山脉险峻之极,尉一行所在的地方,左边是一望而不见底的悬崖,而右边是高不见顶的山峰,往上看去,不见顶,只见皑皑的雪峰,直钻天的深处。这一天,尉一行经受住了大风的各种折磨。再后来的大风,是从右侧来的,右侧的大风,因为山的阻挡,来得温和一些。尉一行朝陆小燕看去,她脸上的死灰好像不在了,虽然两手死死抓住车门的把手,但神情比先前好多了。他在心里说,风啊,你来吧,来吧,我不会怕你的!

那风吹了大约十来分钟,再一次改变了方向。大风最后一次到来,是从左侧刮过来的。这一次风从峡谷里刮来,来得更猛烈,像是要将尉一行和陆小燕,以及他的车,推向右边。还好右边是山峰,要是悬崖的那一边,就更糟糕了,但公路和山体之间,还隔着一条排水沟。这条排水沟有腰深,宽一尺五左右。车身从那边滑去的时候,尉一行闭上了眼睛。

车滑了下去。右边的后轮,陷进了深深的排水沟。风一阵比一阵猛,但车已经被卡死,纹丝不动。尉一行叹了一口气,双手一摊,半天动不了一下。

过了很久,风静了,天空又是一片蔚蓝,纤尘不染。看着那样的美景,两人一点心情也没有了。而尉一行好像是对现在的局面,一点挽回的办法也没有。陆小燕说:"打电话呀,找抢险队的,你不是都记住了他们的电话吗?或者114。"尉一行说:"你好笨,这里是无人区,方圆几百里,都没有信号的,要不然,打个电话,我还要你提醒呀!"陆小燕吐了吐舌头说:"那就没有办法了吗?"尉一行现在寄希望于过往的车辆,只要有人来,有车来,一切就都有办法了。

可是,这条公路上,过往的车辆却很少,特别是在这个深秋季节,大家都知道这条路现在的危险。

天渐渐黑了下来,而靠他俩的力量,却无法从沟里将车拖起。尉一行和陆小燕过了此生从没有经过的恐慌之夜。他们搂在一起。互相偎依,互相取暖,互相安慰和给予信心。尉一行举着他早就没有力气的手,继续说着信誓旦旦的话。陆小燕气若游丝,眼皮下垂,她都懒得听尉一行的侃侃而谈了。

半夜里,清明的月光下,几只藏羚羊在夜色里忽隐忽现,它们闪烁着金光的皮毛让尉一行心动。他在黑暗里摸出放在小车底座下的双管猎枪,向它们瞄准,从尉一行用枪的姿势看,他简直就是一个打猎高手。陆小燕一把将他挡住,说:"别打它们!别打它们!"尉一行说:"别打?你知道它们一张皮值多少钱?"陆小燕说:"我不知道。"尉一行说:"十万,告诉你十万!我跑十次青藏线,也不一定找到这么多钱。"陆小燕说:"可你这是犯罪呀。我们昨天中午还看到的索兰达杰的像,你这样做,他不会饶恕你的……"尉一行说:"可是,这样的夜里,在这样的万古亘荒里,只有我们……"陆小燕说:"我知道你的公司永远不会因为钱多而解散,可我不管你这一枪挣多少钱,我也不管你……我只是请求你别再惊动上苍,别再让上苍来惩罚我们。"陆小燕念起了尉一行教给她的平安经……尉一行举起的枪管一下子掉了下来说:"你下一世就做藏传佛教的一名忠实弟子好了,再不就投生为一朵美丽的格桑花。"陆小燕看了看夜色里慢慢走远的藏羚羊说:"我今生就信佛,不可以吗?"

过不了多久,车身又开始摇晃。尉一行以为是大风又来了,可是往外面一看,夜色里的山峰和平原却一片寂静。他从车窗里往后一看，却是一群野牦牛，在向他的车发出攻击，用牦牛角，用宽大的屁股在车上擦来擦去。尉一行笑了，说："它们是把我的车当成消解器了。"陆小燕说："别惊动它们，它们好可爱的。"尉一行说："它们可爱呵，你看它那双黑油油的小眼睛，你看它还穿着黑色的小短裙，它吃的是冬虫夏草，喝的是世界屋脊最好的矿泉水，拉的还是珍珠玛瑙……可是，这车给它们这一蹭，至少要损失十万块！"但他根本就不敢惊动它们。要是它们发现了车上有人，发现有人要和它们作对，就是十个尉一行，也不能和他们抗衡的。

不一会儿，野牦牛们闹够了，摇头摆尾，慢吞吞地走了。

到了后来，却来了一群狼。那些高原上的饿狼，可能在很远的地方，就嗅到了人肉的芳香。一群，大约有七八只，一路狂奔，闪电一样在夜色中奔突，在离尉一行的车不到十米的地方停了下来。它们的眼睛在夜色里闪闪发光，灼现出贪婪的目光，口里吐着通红的舌头，长长的牙齿在月色里闪烁着骇人的寒光。甚至，陆小燕已经嗅到了它们身上散发出的一股股臊味。尉一行说："现在可以开枪了吗？"陆小燕说："狼不是好东西！"尉一行说："有一种狼可是不错……"陆小燕说："什么狼？"尉一行说："色狼。"陆小燕说："你就贫嘴，都要把命交给狼了！"尉一行将窗玻璃开了一条缝，将枪管伸了出去，往天上放了一枪。那些端坐的狼听到巨响，马上跳了起来，往后窜了几步，坐下了。尉一行再开一枪，那些狼又往后走，再坐下了。尉一行再开枪，那些狼却不走了，往地上一坐，眼里闪烁着绿光，舌头伸得长长的，看着他们。陆小燕说："你的枪法这样差，拿来我打。"说着要夺他的枪。尉一行说："你疯了！"陆小燕说："哪里有你这样打狼的，你的方向感太差了。"尉一行说："在这样的荒原上，这狼可是要多少就有多少的，打死一个，一群就来了，打死两个，会来得更多。你不怕死，我可还想多活两年。"陆小燕不再说话。

那些狼见枪声不再响起，便慢慢地向吉普车集中过来。它们走得很慢，小心翼翼，却步履从容。尉一行飞快地从车座位下拖出一只破轮胎，甩在离车三米远的地方，从油壶里倒了一壶油，冲下车去，浇在车轮胎上，打火机呼的一下点燃，然后快速往回奔，上车，锁车门。

火光冲天，慢慢前进的狼一下子停住了，满眼的惊讶。它们不敢上前了。

尉一行将车里的放音机打开，调到最大音量。齐秦的《我是一匹来自北方的狼》一下子响了起来。

他们和狼对峙。一直到了黎明，那些狼才瘪着肚子，眼里满含失望，一步三回头地走了。

七

风和日丽。已经是第二天早上的事了。

尉一行的车就这样卡在那里。用千斤顶无济于事，搬石块来垫也无济于事。他开车的驾龄有十多年，但那是享受型的开车，车脏了，出点钱让人洗洗就行，车出问题了，出点钱让人修修就行，什么事都是用钱来解决问题。在他的生活中，每天都离不开钱，每天都有钱源源不断地进他的包，再从他的手出去。他用钱改变了他的生活，他在钱的潮流中自得其乐。但是现在，尽管尉一行包里装着很多钱，装着一张容量很大的银行提款卡，另外在他的账户上，还有几百万人民币可以供他支配，现在他却没有办法，他只有叹气，坐在地上，捶着脑袋。

他太累，连安慰陆小燕的话都没有一句了。

陆小燕看看蔚蓝如洗的天空说："难道你没有感觉到，这样的爱情，真的有些地老天荒，有些传奇。"

尉一行"嗯"了一声。

陆小燕说："你怎么了，你说话呀！"

尉一行说："在这样一个时候，你先别说爱情，只说我们怎样才能把车拿出来。"

陆小燕说："你失望了？"

尉一行说："不是失望，在这样一个时候，说爱是没有意思的。我们得现实一点。"

陆小燕眼里掠过一丝失望。

饿了，他们就吃车上的面包、巧克力和压缩饼干。渴了，他们就喝青海湖牌矿泉水。山的皱褶很大，每一个皱褶里都在流着清清浅浅的水。那水很清澈，里面透着天上的云和山底里的砾石。陆小燕蹲下，撩了撩水，里面就多了一张憔悴的脸。

陆小燕知道，她脚下的这片高原，其实就是河流的根部。从这里流出的森格藏布河、马甲藏布河、达果藏布河是一直流向印度洋的。还有世界上海拔最高的雅鲁藏布江一泻汪洋，令人惊叹。这些大江大河，交织如网，把大地分成条条块块，各自为壑。陆小燕想，爱情也是这样吗？爱情一定会比这还复杂。

吃了点东西，尉一行的脸色转了过来。他说："小燕，别怕，我们等一下，这条路上，每天都会有车经过的。大不了，我们出点钱，不就解决了？"

陆小燕说："我知道你就是有钱。"

这高原山地上的爱情，真的有些惊世骇俗。尉一行说着，就来搂陆小燕的腰，陆小燕让开了，她说："在这个时候，最好别谈爱情。"

尉一行说："你生气了？我给你拍照，在这个地方，这样的纪念，举世无双。"尉一行从车里拿出他的专业照相机，调了焦距，要陆小燕笑。陆小燕说："我笑不出来。"尉一行说："那你说茄子。"陆小燕说："我没有心情说茄子。"尉一行趁陆小燕说最后两个字的时候，咔嚓一声按下了快门。尉一行把显示上的图放大让她看："你看，还不错的，你笑得很好。"

到了中午，终于有了一个影子过来，那影子慢慢从山口边冒了出来。坐在车上的陆小燕隐隐听到后面传来的发动机的轰鸣声，大声叫了起来。尉一行像只青蛙一样，腿一伸，跳到了路上。

来的是一辆三轮摩托车，还远，还小，尉一行看不出是一个什么样的人，但不管是谁，他都得把他弄下来。尉一行举起一条围巾，站在路中间，用力挥动。他想，要是这辆摩托车不停车，他就不让开。

那摩托车过来了，是一辆部队用的那种三轮，油绿色。摩托车鸣了一下号，在尉一行面前停住。尉一行大声说："兄弟，帮助一下！"

那人从车上下来，尉一行一看，这人全身给一件厚而大的皮袄给紧紧包住，像是一个皮口袋，模样十分滑稽。那人取下长长的皮手套，拉开拉链，拿掉头盔，露出了头。他张着嘴，大口大口地呼吸。他的嘴边，一小会就形成了一团白雾。

那个人很年轻，也就是二十一二岁的样子。尉一行说："这位同志，请你帮个忙，车滑下沟了。"

那人摘下头盔的一瞬间，陆小燕一眼就看出是那个兵哥哥，那个叫薛卫的乌蒙山人。她有些尴尬，正要叫他，薛卫就看见她了。薛卫原本活泛的脸，一下子像给这恶劣的气温给冻住了，冷，硬，板。

她低下了头，小声说："这么冷，路又险恶，你还骑摩托车呀！"

薛卫很生气，不说话。他终于明白了陆小燕不跟他出来的原因。

尉一行连忙说："同志，你帮我把车拿上来，我给你钱，我付费。"

薛卫的目光移过来，看着尉一行，不动，还是不说话。

尉一行说："三千元，三千元怎么样？"

薛卫不表态帮不帮，张了张嘴，只说："你是老板，蛮有钱的嘛。"

尉一行想，现在的武警战士不但讲实惠，而且还会讲价还价了，谁说武警战士老实，谁说武警战士只讲奉献，只讲保家卫国？鬼话，骗人！他咬咬说："五千元，最多了，你知道，我们挣钱也不容易。"

薛卫慢慢拉上皮袄拉链，戴上手套、头盔，转身跨上摩托车，踩动发动杆，轰了一下油门。

尉一行跑到摩托车前边，双手紧紧抓住摩托车的手把，声音带了哭腔，说："你帮一下好吗，我给你六千元！六千元还不行吗！"

这时，陆小燕说话了："真想不到，你这个人这样绝情，小肚鸡肠！"

陆小燕说："你是武警战士，你的胸怀应该比这山河更宽广……很多事，你做，总比不做好呀。"

薛卫停了下来。

陆小燕大声说："你走吧！我死在这里也和你没有关系！"

薛卫回过头来，说："不……"

陆小燕说："如果你还算个人，到了前边，帮我叫一下122，或者修理厂救急的师傅。那就算帮我的大忙了。"

陆小燕说的是帮我，而不是我们，薛卫听到了。

薛卫看了一眼尉一行，犹豫了一下，还是下了摩托车。他看了看车的前后左右。让尉一行和他一起，从山沟里搬石块来，垫在车轮的下面。陆小燕去了，搬起一块，刚举到腰间就掉了下去，差一点就打到脚。她叫了一声："这石头，怎么这么重呀！"尉一行看了她一眼说："这又不是棉花？这是女人干的活吗？"陆小燕白了脸，说："凭什么你能做，我就做不了！我怎么弄也要把它弄过去！"她采用滚的办法，推着那块石头慢慢翻动，硬是将那块石头滚到了车轮底下。尉一行小声说："你省着点，我是要出钱的，让他多干点。"陆小燕"呸"了他一口，恶声恶气地说："你还算是人呀！"

由于陆小燕的坚决，尉一行也拿出吃奶的力气，拼命地搬。不一会儿，车身下就堆了很多石头。尉一行和陆小燕累得虚汗直流，蹲在旁边大口大口地喘气。而薛卫却很无所谓的样子。薛卫让尉一行把千斤顶拿出来，顶住车轴，一边往上顶，一边再往下边塞石块。石头填得差不多了，车身就高了起来，和公路一样平了。薛卫前后看了看，上了车，慢慢地启动，加油。车子一点一点地往上移动。尉一行说："你慢点，你慢点，你再快，车就会下去的，再下去就没有办法了。"

薛卫再一次下车，加固了车下的石块，再上车，启动，打方向，加油。车子发出一声沉闷的吼叫，车轮猛地旋转了一下，上路了。

尉一行大叫了一声，陆小燕也大叫了一声。那声音是那样亢奋，那样令人激动。尉一行紧紧握住薛卫的手，说："谢谢你，谢谢你。"连忙将自己的公司、姓名都给薛卫说："再从车里去拿来名片，送给薛卫，然后再问薛卫的姓名。"

薛卫没有接尉一行的名片，他淡淡地说："不必了，你记住我是一个武警战士就行了。"

陆小燕说:"薛卫,你……"

尉一行张了张口,喉咙里像是什么塞了一下。他说:"你,你就是薛卫呀?"

薛卫说:"是,我早知道,你就是大名鼎鼎的尉老板!只不过今天才见面。"

尉一行说:"太……太戏剧性了吧?"

薛卫说:"你们不是去云南了吗?"

"我……"陆小燕的脸早就红成了一只桃子。她转了一个话题,说,"这条路这样难走,况且现在已近冬天,你还骑摩托车呀?你不要命了吗?"

"这有什么呀,这条路上,不是常常有很多人骑自行车直到拉萨吗?"薛卫看了看他的三轮摩托车,叹了一口气说,"这也许是我一生最后一次走青藏线了,我能不珍惜吗?坐车呀,一晃就过了,顶多算做个梦。"

陆小燕说:"你没有遇上大风吗?你这是在玩儿命!"

薛卫说:"遇上了,不过我比你们幸运,那时我还在那边的小镇上。见到大风一来,一头钻进藏族人家,稳稳地坐在炕头上,喝青稞酒,喝酥油茶……那时的你们呀,才真的在玩儿命呢,魂都不在了吧?"

薛卫乐了一下。薛卫说这些的时候,仿佛还满口酒香,他气色比先前好多了。

尉一行钻进车内,从工具箱底部翻出一个捆得紧紧的皮包,从中拿了一沓钱,想了想,低下身子抽掉四千,再钻出车门。他走到薛卫面前,抬高手,拍了拍薛卫的肩说:"我说话算数,六千元!"

薛卫愣了一下。尉一行说:"这样,我们就两清了,谁也不欠谁。"

薛卫看也没有看,反手一扬,那沓钞票落在了地上。

尉一行全然没有了老板的派头,一脸的愕然。一阵风过,钞票轻轻飘动,尉一行连忙低下头去捡钱。费了好大的力,才将钱捡起来,他说:"对不起,对不起,我用这种方式,是玷污了武警战士……我们,我们还是好朋友。回去后,换一种方式吧。"陆小燕十分尴尬地看着薛卫。薛卫抬手示意,说:"上车吧,上车吧。"陆小燕很勉强地笑了笑,说:"那你……"薛卫说:"我骑摩托车,是差了点,不过,对我来说,很好的。"薛卫向他们挥了挥手,示意他们上车。陆小燕说:"我……我晕车,我可以跟你一起骑摩托车吗?"薛卫说:"不行,这样冷的天,不等到前边的小镇,你的四肢都要给冻掉下来的。"薛卫这样说的时候,心里热了一下。

陆小燕就只好上了尉一行的车。

尉一行关上车窗一边发动车,一边不无醋意地说:"是不是看到更年轻的了?"陆小燕说:"他是更年轻。"尉一行猛地加油,陆小燕的脑袋一下子撞在车的后座靠背上,她说:"你开什么车呀!你开什么车呀!"还走不到十米远,后面的薛卫一下子鸣起喇叭来。陆小燕说:"你停一下,是不是有什么事?"尉一行说:"还会有什么事?我们走好了,别挡着人家的路。"后面的喇叭却长久地鸣叫起来。陆小燕说:"你停下来呀!"尉一行停了车,刚一下车,就"呀"地叫了一声。原来,他的车后面,长长地拖着一条油线。

他的车漏油了,油箱底给剐了一个洞。

他们用了很多办法,用沥青来涂,那油箱还在漏油,而且很快,油箱里就没有油,空了。薛卫弄得满手满脸都是油,他的样子,比尉一行还脏,还难看。特别那一双手,都给弄得破烂,血往外面沁了出来,让陆小燕感到心疼。陆小燕心生感激,暗地里却想，这个人，这样的卖力，这样憨。她想起了尉一行讲过的那个笑话。

看来油箱已无法修复，尉一行一屁股坐在了地上。他说："我怎么办呀！"

薛卫想了想说："过了这个山口，再下去十五公里，就有一个维修点，到了那里就不用愁了。"陆小燕说："那请你过去帮我叫一下好吗？"

薛卫发动摩托车，走了一两百米，又转了回来说："这样吧，你们骑我的车走，到了那里，叫修理厂的过来。"

尉一行说："那这里……"

薛卫说："交给我好了。"

陆小燕："那怎么行！"

薛卫说："我对这条路熟悉，我是个武警战士，有野外生存的办法。你要相信我。把你们留在这里，很危险的，山上有狼，还有很多不可预见的事……"

陆小燕说："可你一个人……"

薛卫说："没有问题，其实也就是半天的事。"

陆小燕说："那我跟你在一起。"

尉一行愣了一下说："那怎么可以！"

薛卫说："听我的，你们走快一点，说不定我在这里还会等到我们的后面的人。我们部队一起出来的还有好几个，他们来了，更好办。"

正在这时，尉一行抱着肚子，眉头紧皱，一脸的苦相。他一下子倒在地上，"哎哟""哎哟"地叫了起来。

薛卫说："你怎么了？"

尉一行一边哼着，一边咕哝："我肚子痛，我受不了，可能是阑尾炎发作了。"

陆小燕连忙跟过来，说："能撑住吗？"

尉一行弯着腰从车里的旅行包里掏出几颗药吞了下去，说："可能会有所缓解的。"

薛卫也忙从他的车座里拿出水杯让他喝水。

过了一会，尉一行直了直腰说："好点了。"

薛卫说："你能骑摩托吗？"

尉一行点了点头。尉一行说："这车很名贵，请你一定帮我看好。"

薛卫说："放心，我不会掰一块吃掉的。"

陆小燕说："薛卫，还是你走吧！"

薛卫说："就这样定了，我给你们看车，你们俩先走。到了镇上，先联系修理厂的人过来，然后，再去找医生，那里有个小诊所。"

陆小燕站在那里，用审察的眼光看着这个和自己通过无数次电话的男人。这个男人年龄比她还小，但个子高，壮实，有些虎背熊腰。他皮肤黑而且干燥，满脸的紫姜疙瘩，这大约是高原上的紫外线和干燥的空气所致，下巴上的胡子也好像是才开始成长，茸茸的不成气候，在冷风中散乱地浮动。

陆小燕说："你……"

尉一行一边忙说着感谢的话，一边忙拉陆小燕上了摩托车。薛卫将自己身上的皮衣全都给尉一行和陆小燕套上。陆小燕举着手说："这会冻掉下来吗？"薛卫说："快走吧，别啰唆！"

尉一行的摩托开得很慢。有的地方，很直的路，他的速度也没有超过四十码。看着天色已晚，陆小燕汗都急了出来。她说："你快一点呀，你快一点呀。"尉一行说他肚子还疼，车的颠簸一大，他就受不了。到了可以隐蔽的地方，他还慌慌张张地逃了过去，躲在那里蹲上一二十分钟。

他有些歉意地说："对不起，还拉肚子。"

两个小时以后，尉一行和陆小燕把摩托车开到了薛卫说的那个小镇。他们在一家小饭馆前停了车，尉一行伸了一下懒腰说："好几天没有吃上一顿可口的饭了，我们下去好好吃一点吧。看看有没有手抓羊肉，还有酥油茶，那味儿让我都流口水了。"陆小燕说："你还有心思吃饭，薛卫那里怎么办？"尉一行说："他是武警，没事的。"陆小燕说："你这个人，和人家比起来，太自私了！你不去我去，你一个人吃吧！"尉一行说："不吃就算了，你生这么大的气干什么？"

小镇很小，没有树，也没其他障碍物，一眼就可以从头看到尾，他们一下子就找到了修理厂。摩托车还没有停稳，陆小燕就往下跳。

陆小燕快步走在前边，天太冷，修理厂没有人。敲了半天门，才有个满脸胡楂儿的人把门打开。开门的人遇了风，哆嗦了一下，连忙把门关上。里面好多了，有火，有热气，窗户也是双层的。那开门的人一步跳上炕，从木几上拾起酒壶，咕了一口，递了过来。尉一行说："不是青稞酒吗？这样烈？"修理工说："这种环境，要烈酒才有劲。"

尉一行絮絮叨叨地和修理工磨价钱，那修理工是个四十多岁的陕西人，他说："我们也是混口饭吃，在环境这样差的地方，海拔高，又冷，谁愿意呀！你给这点钱，没办法去的。"讲了好一阵，修理工要的钱一点也不让，尉一行给了一个基数，却不再往上添，他们一直没有谈好。陆小燕生气了，她对尉一行说："你这个表现，可不是大经理的风范呀！"她回头对那个修理工说："就照你说的办，钱我给就是，一分不少，要快。"修理工说："这还差不多，小妹子，你可是办大事的人。"

趁修理工整理工具的时间，陆小燕拉着尉一行就往旁边的诊所走。还是费了好大的劲，才把诊所的门敲开。陆小燕让诊所的人给尉一行看病。那人给他看了看眼睛、舌苔，再把了一下脉，简单地问了几句，就给了一些药。尉一行说："医生，我都疼得受不了，要不要做手术？"那医生说："如果你手断了，头破了，我这里可以给你包扎一下。"尉一行说："我是阑尾炎。"那医生说："那我没有办法，你挺一挺，到拉萨吧。"陆小燕要了开水，让尉一行把药吃了。尉一行把药放在嘴里，连忙往房后走。陆小燕等尉一行回来，说："我去解手。"说着也往后面走。陆小燕过去一看，脸都白了，原来尉一行把刚才放进口里的药全都吐在了厕所边。

陕西人穿上厚厚的防寒服，戴上口罩，开出一张破烂的吉普车，将工具往车上扔，还跑回屋提来一壶酒，然后将车发动。他们俩刚一跨上车，吉普车发出嘶哑的叫声，飞速朝车坏的方向赶去。

可他们还没有赶到，就发觉出事了。

八

是雪崩。

好大的雪凌冰块，从山峰的高处，从与天相接之处垮塌下来，将沟壑、山谷全都填满，将整个公路堵断。从天到地，都是白晃晃的一片，到处都是洁白的冰块，在阳光下闪烁着刺眼的光。大块大块的冰，山石一样的冰，陆小燕看傻了眼，将尉一行看傻了眼，他们不知所措。

那个修理工说："距这里还有多远？"

尉一行说："不到一公里。"

修理工说："看运气了。"

陆小燕说:"什么意思?"

修理工说:"唐古拉山的雪崩,面积会很大。从现在的情况看,很厉害的,我来这里十多年了,还没有见到过这样大的雪崩。"

尉一行叹了口气,说:"我的车没了!六十多万元哪!"他蹲了下去,用手支撑着他硕大的脑袋,眼帘低垂,半遮着他无望的眼仁。

修理工举起酒壶,猛灌了一口说:"应该是没了,凭我的经验,人也怕……"

陆小燕说:"那我们过去看看呀!说着就朝着公路上的冰堆方向走。"

修理工说:"你不能去,太危险了。"

陆小燕并没有停步,她一边走,一边痛苦地说:"还有什么比薛卫的命更重要的吗?"

尉一行一步跳了过去,一把将陆小燕拉了回来。"你是送死呀?你别再惹麻烦了!"

陆小燕哭了出来,陆小燕边挣扎边说:"尉一行,我惹麻烦了?是我惹麻烦了?你太没有良心了,我们要尽快把他救出来!"

尉一行紧紧抓住陆小燕不放。尉一行说:"不管你怎么说,现在是不能去的,现在上面有了冰堆,是送死!"

陆小燕声嘶力竭:"我就是要去送死!"

修理工说:"青藏线上,这样意想不到的事,多得很!"

陆小燕说:"那怎么办?你说该怎么办?"

修理工说:"我尽快回镇上,给交警打电话,让他们联系那边,从那边过来,看那边的路通不通,是不是要好一点。说不准你们说的那人,往回撤了。"

"但愿如此。"陆小燕说。她双手合十,仰望上空,心里默默地念着平安经……

事实上，情况真的不好。交警早知道雪崩的事，修理工的车还没有发动，交警的车就到了三辆。他们下了车，也全都傻了眼。其中一个好像是负责的，他说，麻烦了，看样子，那边情况更凶。

陆小燕一下子昏了过去。

九

这样大的雪堆和冰块，在短时间靠一点点人力根本无法完全移开。它不是那种平原地区的雪，再下得大，再堆得厚，都是松软的，用扫帚可以扫，用铁铲可以铲，太阳一晒，软软的就不见了。就是冻上几天，推车一走，全都乖乖地堆到一边去。这里的雪，在雪域高原，堆了上万年，年复一年，层层堆积，在零下三四十度的地方，冻成硬块，比砖还硬，比铁还硬，堆到一定程度，自身无法承载，便往下坠，大面积地往下坠，互相撞击，互相挤压，就形成了雪崩。这样的冰块，落在任何地方，一时都化不了。

青藏高原上的阳光异常强烈，即使是傍晚了，还晒得人脸生疼，白晃晃的光芒刀子一样在这世界屋脊上划来划去，也在陆小燕的心上搅来搅去。陆小燕觉得心上在流血，伤口在不断地扩大。

交警的人来得很多，武警部队也出动了大约有五十来人。他们一边察看着雪堆的动静，一边安排人紧张快速而又小心翼翼地拆开冰块，让出公路来。一时间，人们匆匆走动的声音、说话声、冰块往下坠落的声音，搅动了沉寂的高原。

陆小燕几次要参加拆出冰块的活，都给武警的战士给拒绝了。尉一行说："你不要去，你这样的千金小姐，又没有经验，能做什么呀？你别添乱了好不好？"

陆小燕说:"要是他冷了怎么办?要是他饿了怎么办?要是他遇上了狼怎么办,他要是遇上往下落的冰块……"陆小燕一声惊叫,连忙捂住了嘴。

尉一行再和她说话,她不再听,她满脸的冷、硬,好像比冰块更怕人。她觉得在这样一个时候,任何话都是多余的。她只有一个念头,就是尽快见到薛卫。

还好,拆开前面这一段路的冰块,中间就空了出来。有的地方,即使有一些,都不太多,都很零星,在强烈的阳光下,这些冰块开始滴水,一滴一滴的、一汪一汪的,汇成了小溪,蛇一样往低处流去。陆小燕想,这些水,一定都到了通天河,进了金沙江,再浩浩荡荡地进入了东海。这些水,它们知道在这里发生过的故事吗?它们会不会有爱情,会不会懂爱情?它们自身的,或者它们所亲眼见到的。

夜色下来。天空却出奇地好看,无比地纯净,无比地蔚蓝。一轮不太圆的月亮,在天空中像是一枚秋天的叶子。陆小燕不知道流了多少泪,不知说过多少话,反正她这时已经看不清四周忙碌的人们,看不见天上美好的月亮。她只在心里一遍又一遍地念着平安经,一遍又一遍地为薛卫祈祷,希望他平安。

第二天早上,太阳从山口处将一抹深红涂了过来的时候,他们终于看到了尉一行的那辆车。那辆车顶上白白的、薄薄的一层冰雪,居然也红得有些可爱。看来,这样大的雪崩,居然没有伤及这辆车。既然车没有伤到,就更应该没有伤及车里的人了。

远远看去,车门紧闭,没有一点动静,没有一点声音。

陆小燕最先开始狂奔。她一边跑,一边流着泪,一边叫着薛卫的名字。但陆小燕还是最后跑到。那些武警的、交警的同志比她还跑得快,那速度简直像猛虎,像鹰隼,像储足了力量的箭镞。

陆小燕从人隙里挤了进去的时候，她感觉到了一种不同寻常的景象，一种怪异的宁静，可怕的宁静。

车门打开，薛卫双手紧紧握着方向盘，双眼圆睁，目光直直地看着前方，却一动不动。

他的全身都挂满了坚硬的冰凌。

他的脸上挂着潮红，好像还有点微笑。

唐古拉山附近的山坳里，发出了一阵古怪的声音，像是狼叫，像是虎吟，还像是大风席卷过发出的嚎叫，粗野，而又悲凉。

十

发生了这样大的事情，是尉一行所没有想到的，陆小燕则更是出乎意料。尉一行很是尴尬，面对薛卫的指导员和连长，他一改往日的镇定，一改平日里那种老板派头，双手交叉，两肩紧缩，声音犹豫："连长……指导员，真是对不起。我们……我们不知道会有这样的结果……"

指导员说："小薛出这样的事，是我们的损失，他在我们连里可是优秀兵。他当这几年的兵，以身作则，不计劳苦，又善于团结人，给我们争得过很多荣誉，真想不到……"

陆小燕说："他是为了我们……"

连长说："唉，这个乌蒙山人，真的很不错，喜欢读书，喜欢做事，知识面广，又闲不住……多好的一个战士！"

指导员说："是呀，我们刚好研究，推荐他报考军校继续深造……想不到，还没来得及给他说，就出事了。"

尉一行说："那，需不需要我们做什么？"

指导员冷冷地说："不必了，这是我们的事，你可以走了。"

陆小燕守在薛卫的身边,她给他洗脸。洁白的新毛巾蘸了温热的水,再拧干,轻轻在他的脸上揩拭。他眉宇间的草屑,他眼角的灰尘都给轻轻揩掉,他被高原常年大风吹起的皱纹、被紫外线照得酱色的开了皴的脸庞却无法抹平。他嘴唇干裂而起了壳。陆小燕低下头,吻了吻,一大串泪水滑落了下来。陆小燕想起了很多,她想到了这个武警战士抓歹徒的时候不顾个人安危的形象,想起他教她吹口哨时的天真,想起这个人给她写信、向她求爱的样子,想起在唐古拉山口,他们相见时的尴尬和他救车的从容……一切都过去了,一切又都好像还历历在目。陆小燕张了张喉,低低地唱起了他教给她的六世达赖仓央嘉措情歌:

　　　　大河中的金龟,
　　　　能将水乳分开,
　　　　我和情人的身心,
　　　　没有谁能拆开……

　　　　涉水渡河的忧愁,
　　　　船夫可以为你除去,
　　　　情人逝去的哀思,
　　　　有谁能帮你消忧……

陆小燕给他全身都洗了个干净,给他化了妆。不只是女人,男人化了妆其实也很好看;不只是活人,死了的人化了妆,还更好看。薛卫那英气逼人的眉,那虽然闭着但好像看到很多东西的眼,那宽而粗糙的脸,那厚且有轮廓的嘴唇,那微微透出些红的白净的脸庞……这样一个人活着的时候,会是怎么的虎虎生风。

尉一行站在旁边，默默地看着她。

陆小燕做完这些，并没有起来，她又轻轻地跪了下去。

尉一行说："小燕。"

陆小燕一动不动。

尉一行说："刚才领导说了，这里没有我们的事了。"

陆小燕抬起头白了他一眼。

尉一行说："我们是不是可以走了？"

陆小燕还是没有说话。

尉一行说："我们还有很多地方，没有到的：纳木错湖、布达拉宫、大昭寺，还有扎什伦布寺……"

尉一行说："那里还有很好的酥油茶。"

陆小燕等他说完这些，站起来对他说："你走吧，你去看你的风景好了！你去喝你世界上最好的酥油茶好了！这里真的没有你的事！"

尉一行说："你……"

陆小燕说："我不想再看到你，今生今世。"

尉一行想了想，实在没有什么好办法。他挠了挠头发，向小车走去。不一会儿，他将装钱那个鼓鼓的破皮包提了出来，双手递给连长。他说："这是我这次带出来的所有的钱，五万元，就算是对薛卫的一点补偿，请你们把他的后事办得好一点……"

连长反手拦了一下，尉一行感觉到一股冷硬的力量将他连人带包推回好远。他抱歉地说："真的，这是我的一点点心意，你们就收下吧。"

指导员说："不必，我们有我们的纪律。"

尉一行不知如何是好。正在这时，他的手机响了。他一接通，那头火急火燎地说："他们开发房地产的手续没有完善，老百姓的拆迁问题太多，市里明天一早要下来检查，搞不好有查封公司的可能。"尉一行像是头上挨了一棒，脑袋嗡地响了起来。他抬头看了看，没有人理他，也没有人看他，他犹豫了一下，转身走了。

夜里，陆小燕再一次进入了那个梦。梦里的她，站在冰雪中，依然全身赤裸。不过她不觉得冷，她将自己的身体和那冰雪比较，居然比雪更白，更透明……那个薛卫，却在山的低处，给她送来衣服。他一次次奔上山来，却又一次次滑下谷底……

醒来了，是满屋的冷。兵站的夜，出奇地静，让她想起今生，却无法想出来世。

她想，今生的梦花树，是再也找不到了。这梦，从何处解呀？

薛卫的葬礼那天，陆小燕是以未婚妻的身份出现的。她按照薛卫曾给她说过的乌蒙山乡下的风俗，头上披了一块白白的长孝布，在胸上别了白色的小花，在右臂上系了一块红绸。那种样子，像是在纯洁的世界里盛开的莲花。

她双手紧紧地抱着薛卫的照片，她把它搂在胸前，一脸的平静。长长的一行队伍，在唐古拉山上细细的一条线上行走。他们来到薛卫牺牲的地方，全都脱下了帽子。

陆小燕跪在地上，生硬的石头硌了她的膝盖，冷冽的高原风吹动着她的长发，沙尘一次次袭来，她一动不动。过了半天，她从随身的包里提出一摞书，两瓶酒，三捆冥钱。她用手围了，将书点燃，将酒瓶打开，围着燃烧的火堆，一圈一圈地倒了下去。酒倒完了，她再将冥钱打开。她在心里说道："薛卫，尉一行的钱你不要，我给你的，你一定要。在那一个世界，有了钱，你可以去更多的地方，可以买更多的书读，就不会让人看不起……"站在旁边的通讯员见了，要上前制止，指导员一把将他拉住，用眼神止住了他。

一捧捧冥钱飞上了天空，在风中旋转，在风中舞蹈，像是一条彩色的龙，在高原的上空慢慢远去。

陆小燕吹起了口哨，那哨音尖厉而冰凉，带着水汽，带着冰凌，和天上如洗的白云裹缠在一起，久久不愿散去。

高原上的风又来了，一阵紧过一阵，裹挟着黄沙，还有冰的碎末。